St. JAMES'S THEATRE LESSEE & MANAGER GEORGE ALEXANDER On Saturday, January

5th, 1895, A New and Original Three-Act Play. By HENRY JAMES, ENTITLED GUY DOMVILLE

ガイ・ドンヴィル

ヘンリー・ジェイムズ
水野 尚之　訳

大阪教育図書

もくじ

写真 Copyrights（出典）

p.73, p.106:
Leon Edel 編 *The Complete Plays of Henry James*
(J. B. Lippincott Company, 1949)

p.185, p.197:
Getty Images

p.218 上：
Wikimedia Commons London Theatre Royal Haymarket <PD-US>

p.220, photos ③, ④：
Matthew Lloyd, http://www.arthurlloyd.co.uk

ガイ・ドンヴィル

ヘンリー・ジェイムズ
水野尚之 訳

登場人物

ガイ・ドンヴィル
デヴニッシュ卿
フランク・ハンバー
ジョージ・ラウンド（英国海軍大尉）
召使

登場人物／舞台背景

ペヴァレル夫人
ドンヴィル夫人
メアリー・ブレイジャー
ファニー
婦人帽子屋

第一幕　ポーチーズの庭園
第二幕　リッチモンドのドンヴィル夫人邸
第三幕　ポーチーズの室内
時　代　一七八〇年

第一幕

イングランド西部の古い屋敷の庭園。外から人が入りにくい、屋敷の真後ろ。中央近く、台座の上に平らで古風な石版があり、テーブルのように日時計となっている。近くにはベンチがある。下手には低い木戸があり、敷地の別のところにつながっている。上手には高い壁があり、緑色の戸が見える。戸口、ベランダ、短い階段といった屋敷の背後の部分が見える。六月の午後の終わり近く。木戸からフランク・ハンバー登場。屋敷からファニー登場。

ファニー　お客様がお呼びです！　まあ、失礼しました。ドンヴィル様かと思いましたもので。

フランク　ドンヴィル君は家の中ではないと？

ファニー　そうでございます。ドンヴィル様を見つけに出てまいりました。

フランク　彼はあちらの方にはいないよ。僕は馬を小屋につないできたが、自分でやらざるを得なかったんだ。

ファニー　私は獣が怖くありませんから、もしそこにおりましたら馬をおつなぎしましたのに。ピーターは奥様と出かけております。

フランク　それで奥様はどこへ出かけられたのですか？

ファニー　トーントン[1]までです。古い緑の馬車で。

フランク　古い緑の馬車が憎らしい！　奥様に会いに五マイルも馬に乗ってきたのに。

ファニー　旦那様はよくそうなさいますね！

フランク　来たい回数の半分も来ていない！

ファニー　ポーチーズの皆は、旦那様のお望みをよく承知しております！（共感を込めて）奥様は旦那様のもとへ戻ってこられますわ！

フランク　まさにそれを願ってここへ来たんだ！

ファニー　（笑いながら）まあ、トーントンから戻ってこられるというつもりで申しましたが！

フランク　きっとそうだろう。馬車がもてば！　それでドンヴィル君に会いたいと言っている人は誰なんです？

ファニー　ドンヴィル様に一番会いたがっておられる方は奥様です！　奥様は私に、あちこち探させられます。でも、今はたまたま他の方がドンヴィル様にお会いしたいと。この方です！

（屋敷の中からデヴニッシュ卿登場）

フランク　この方と二人にしてくれたまえ！

ファニー　（デヴニッシュ卿にお辞儀して）池の方を探してみます。川の方かも！（緑の戸から退場）

デヴニッシュ卿　池や川をさらうつもりなんだろうか？・・・彼が溺れていないといいが！

フランク　僕の友ドンヴィル君は釣りが趣味なんです。

デヴニッシュ卿　実に罪のない楽しみだ。しかしもっとものめり込む楽しみかもしれない！　ドンヴィル君はどうやらいないが、彼の友人と知り合えたのは嬉しい。

フランク　ではあなたも彼の友人であることを楽しんでおられると？・・・

デヴニッシュ卿　ぜひそうありたいと思っております！　そのためにはるばるロンドンからやってまいりました！　ドンヴィル君との用件は急いでおります。急いでおりましたので、彼が呼んでこられるのを落ち着かなく待っていた今も、一刻も早く彼に会えないかと屋敷から出てきたのです。

フランク　ドンヴィル君がポーチーズで生きているとの印象をお持ちになって？

デヴニッシュ卿　その印象はすでに修正されました。ここに着いてみて、村でのつつましい生活が分かりました。

フランク　ドンヴィル君のつつましい生活、パン屋の。

デヴニッシュ卿　一マイル先でも暖かいパンの匂いが分かりました！　たまたまパン屋のお上さんと出会いました。私がこの家のドアを遅れずにノックできたのは、そのお上さんが教えてくれたからなんです。

フランク　ドンヴィル君はほとんどこの家で過ごしている。

デヴニッシュ卿　すばらしいところです。一日のほとんどをここで過ごせるなんて！
フランク　ここで何をして過ごすかにもよりますが！
デヴニッシュ卿　私の時間は、いつも用事ばかりで。それも特に重要な。
フランク　明らかに生死に関わる用件ですね！
デヴニッシュ卿　私が些細なことのために昼夜をおかず急いだわけではないということがお分かりでしょう！　パン屋のお上さんからドンヴィル君が寝に帰ることとは聞いていました。でも私の用向きの性質上、ドンヴィル君が眠くなるまで待つことはできませんでした。ドンヴィル君を取り逃がすことは、どうしてもできないのです。
フランク　では、あなたがちょうどいい時においでになったと申し上げてもいいと思います！　彼は明日発つのです。
デヴニッシュ卿　（驚いて）どこへですか？

フランク　隠遁するのです。我々カトリック教徒の言い方をすると。
デヴニッシュ卿　（帽子を持ち上げて）真にして唯一の教会です！
フランク　（喜んで）ではあなたも我々の仲間ですね？
デヴニッシュ卿　その群れの中の厄介者です！
フランク　ここではその群れは非常に小さいです。しかし我々はイーデンブルック卿に守られています。
デヴニッシュ卿　殿は我々に精神的な滋養を与えてくださいます。
フランク　殿ご自身の教会堂と徳高い司祭様は、我々にとってありがたい慰めです。
デヴニッシュ卿　もちろんあなた方信者の小さな集まりの中心です。ではなぜドンヴィル君はそのような特権を捨てようとするのです？
フランク　より大きな特権のためです。宗教者の家に入るためです。
デヴニッシュ卿　聖職につく準備のために？

フランク　彼の叙階の時がついに来たのです。彼は明日の朝ブリストルに発ちます。
デヴニッシュ卿　郵便配達員を罵ってよかった！　ドンヴィル君は船でフランスへ発つのですか？
フランク　ドゥエー[2]へ、そして彼を育て、僕が行なったのと同じことをしようとした立派な神父たち——天が彼らに報いますように——のところへ！
デヴニッシュ卿　ベネディクト会ですか？　あなた方は彼らの学校に行かれていたのですか？
フランク　一緒にいた時期もありました。でも僕には聖職者にふさわしい素質がありません！
デヴニッシュ卿　そして君はドンヴィル君にこそその素質があると思っておられる？
フランク　僕がというのではありません。皆が思っているのです。彼にはいわゆる天職があるのです。

デヴニッシュ卿　では私は来るのが遅すぎたのだろうか？　（緑の戸からファニー再登場）彼を見つけられなかったんですか？

フランク　水辺では見つけられませんでした。でも乳搾り女が見かけていました。ドンヴィル様は若様と散歩に出かけておられました。

フランク　若様は生徒様です。

デヴニッシュ卿　ペヴァレル夫人のご子息のことですか？

フランク　彼女の唯一の子、可哀そうに父親のいない子です！　イーデンブルック卿の司祭様のご推薦を受けて、ガイ・ドンヴィルはここ一年その子の先生をしておられます。ファニー、ありがとう。僕たちは待つよ。

（ファニー、屋敷へと退場）

デヴニッシュ卿　あなたのご希望もここにおられることですね。

フランク　もちろん。彼にお別れを言うために五マイルも馬に乗ってきたのです。

デヴニッシュ卿　それほどの旧友との親密なご会見においては、私がいては思慮を欠くというものでしょう。それゆえどうかお願いいたしますが、私が宿屋で首を長くして彼を待っていると、お伝えいただけませんでしょうか？

フランク　あなたのお名前を伝えることをお許しいただければ、もっとしっかりお約束できるでしょう。

デヴニッシュ卿　（チョッキの胸から封印のない手紙を取り出して）私の名前はここに書いてあります。この手紙には私の使命の重要さが記されていますす上、これをぜひ彼の手に渡すように言われております。しかしあなたのお手から受け取った方が、彼は深い関心をいだくでしょう。

フランク　（手紙を受け取って）彼が戻ったらただちに渡します。（木戸を指さしながら）あれが村への近道です。

デヴニッシュ卿　行く前に、もう一つお聞きできますか？　ペヴァレル夫人はサセックスのペヴァレル家の方ですか？

フランク　彼女のかつての夫君は、その一族の方でした。彼女はイーデンブルック卿の姪御様です。

デヴニッシュ卿　実にすばらしいお血筋です！　そして幾分―お歳を召した未亡人であられると？

フランク　お歳を召したですって？　彼女は僕と同じ年ですよ！

デヴニッシュ卿　（笑いながら）まさにお若い盛りですね！　そしてとても魅力的であられると？

フランク　ご自分でご判断ください！

（屋敷からペヴァレル夫人登場。デヴニッシュ卿は、帽子を取りながら、夫人が彼の視線を返すとしばらく彼女を見たままでいる。それから堅苦しくお辞儀をし、木戸から出ていく）

ペヴァレル夫人　（驚いて）あの方のご用は何ですの？
フランク　我々の若い聖職者とお話がしたいそうです。
ペヴァレル夫人　一体どなたです？
フランク　この手紙でお分かりになるかと。
ペヴァレル夫人　（手紙を取り）「ドンヴィル様、デヴニッシュ卿より」
フランク　（驚いて）デヴニッシュ卿ですって？
ペヴァレル夫人　（考えながら）それがお名前、お名前ですか？
フランク　大変な信頼に足る貴族のお名前です！

ペヴァレル夫人　それこそ私が申し上げたいことです。ドンヴィル夫人の大いなる崇拝者だと言われた方です。

フランク　夫人の恋人であったと仰るのですか？　ドンヴィル夫人については、我々の善き友のお母様しか知りませんでしたが。

ペヴァレル夫人　彼の親戚、つまり一族の長であった方の未亡人です。

フランク　（微笑みながら）彼は我々一族の長ではありません！　そんな手紙を貰われるなんて！

ペヴァレル夫人　（デヴニッシュ卿の手紙を裏返しながら）ご覧のように、封印がしてありません。（ぼんやりして）一体あの方はドンヴィル様に何のご用なのかしら？

フランク　僕はあの手紙のことを言っているのではありません。昨日届いたあなたの手紙のことを言っているのです。それで僕がやってきたことがお分かりでしょう。

ペヴァレル夫人　あなたはお友達に会いに来られたのですね？

フランク　あなたが僕の友人なのです。僕があなたのお宅に伺う時には、いつもあなたこそ僕が会いに来る方なのです！　とりわけあなたがそれを望んでおられると僕にお教えくださる時には。

ペヴァレル夫人（驚いて）私の手紙はそうお伝えしましたか？

フランク　その手紙は、同じことになりますが、僕が伺いたい時にやってきて良いと伝えていました。また他のいくつかについても伝えています。もうお忘れになられたのですか？

ペヴァレル夫人　覚えておりません。とても悲しい思いをしていますので。私たちは最良の友を失いつつあるのです。

フランク　ああ奥様、僕の最良の友はあなたであり、僕はまだあなたを失っていいません！

ペヴァレル夫人　ハンバー様、あなたはまだ私を捉えていません！

フランク　では、それがあなたのお手紙の意味ですか？

ペヴァレル夫人　手紙の意味など分かりませんわ！　いつか別の機会に申し上げます！

フランク　ありがとうございます。別の機会をお待ちしていますと申し上げます。

ペヴァレル夫人　ゆっくり時間を取りましょう！　大砂漠のように広がっていますわ！　ひどい損失はジョーディーが被るものです。彼は友と、彼の偶像と別れるのです！

フランク　あの子はそれほど彼が好きだったのですね？

ペヴァレル夫人　好きだったですって？　あの子は彼にくっついています。彼との最後の時を過ごしているのです！　私の息子が受けたあれほどの献身、あれほど完璧な愛情、あれほどの影響、あれほどの模範！　今すべてが去ろうとしています！

フランク　より大きな任務へと！

ペヴァレル夫人　（ぼんやりと肩をすくめ、考えながら）そうです、そうです、より大きな任務へと！

フランク　彼は高い地位へと昇っていくでしょう。高位聖職者へと。

ペヴァレル夫人　彼が「高位聖職者」の一人になるかは分かりませんが、聖者になってもおかしくありません。

フランク　（笑いながら）ああ、それこそもっとむずかしいでしょうね。いろいろなものを捨てなければならないでしょうから！

ペヴァレル夫人　（きっぱりと）そうですわ。彼はいろいろなものを捨てるつもりです！　彼はそれができる人です！

フランク　奥様、あなたの息子様は一人の友を失くされます。しかしもう一人の友はいるのです！　僕は自分を、（お宅への関心は別として）ガイほどの友人、ガイほど恩恵を与える人と比べることはできません。僕は賢くないですし、学識もありません。高位に上ることもありませんし、まして聖者にもなりません！　しかし僕はしっかりと立ち、しっかりと見守ることはできます。息子様の小さな手をこの手で握ることはできます。ペヴァレル様、僕に息子様にとっての大事な存在にならせてください！

ペヴァレル夫人　お好きなだけ善い方におなりください。この家はいつもあなたに開かれています。これ以上の何をお望みなのでしょう？

フランク　僕の望みを、この二年間僕が望んできたことを、あなたはご存じです。あなたのこちら側もあちら側も拝見しました。しかしあなたにはいつも僕に向けておられない側があります。僕はまだぐるりと一周はしていませんね？

ペヴァレル夫人　（微笑みながら）まるで馬の品定めをするような仰り方ですこと！

フランク　あなたが乗っておられるなら、五十頭でも買いますよ！　今日は、今お話しした地点に立たせてください！　あなたの愛情とご心配を僕のものとさせてください。あなたの息子様を僕の息子にさせてください！

ペヴァレル夫人　（同意するかのように、諦めるかのように）そうですわね、あの子はあなたに幾分心を開きました。

フランク　彼はお母様にとって良い見本です！

ペヴァレル夫人　それでは息子の美点に留まってください！　あの人たちが帰ってきますわ。彼は大変疲れているでしょう。

フランク　（微笑みながら）僕とだったら、そんなことを心配する必要はありません！

ペヴァレル夫人　ドンヴィル様のことをお話ししているのです。

フランク　奥様、僕は自分のことをお話ししています！　とうとうお許しくださったのに、それはただまたもや引き延ばされるためだったのですか？　ついにお返事がいただけるという意味でなければ、あなたのお優しいお言葉は何を意味していたのでしょう？

ペヴァレル夫人　お返事は明日差し上げます。

フランク　（ひどく苛立ち）ああ、僕をきちんと扱ってくださらない。

ペヴァレル夫人　（この言葉を認めるかのように、なだめる口調で）今夜差し上げます！

フランク　どうして今ではだめなのです？

ペヴァレル夫人　私にこの最後の時間をお与えください！　（そしてまったく違った口調で、無理やり話題を変えようとするように。ポケットから小さな箱を取り出し、包みを取りながら）これをどうお思いになられますか？

フランク　（箱を手に取り、嬉しそうに、興味を抱いて）見事な宝石です。沈み彫りですね？

ペヴァレル夫人　父親の大事な骨董品でした。トーントンの細工師に印章にさせました。

フランク　そしてわざわざ取りに行かれたと？

ペヴァレル夫人　お別れの贈り物にするために。

フランク　（当惑して）お別れの、ですか？

ペヴァレル夫人　ドンヴィル様とのです。

フランク　（悲しそうに）ああ！（彼女に箱を返し、向きを変えて）さあ彼がこれを受け取りにやってきました！

（屋敷からガイ・ドンヴィル登場）

ガイ　思わず遠くへ行ってしまいました。ジョーディーも少し足を引きづっています。たいしたことはありません。靴が合わなかっただけで、朝までに痛みも収まるでしょう。でも僕は彼を寝かしつけ、お母さんに来ていただくようお願いすると彼に言いました。

ペヴァレル夫人　（すばやく）彼のもとへ行きます！

ガイ　ここでお待ちします。

（ペヴァレル夫人、屋敷へと退場）

フランク　君自身が待たれている時に、それはできない。

ガイ　待たれている、と。どなたに？

フランク　この手紙を読めば分かる。

ガイ　（手紙を持ち、ぼんやりと）「デヴニッシュ卿」ですって？
フランク　その方は宿屋で長い時間待っておられる。
ガイ　（読む）「親愛なる名誉ある親族へ。この手紙は貴君に、我々の高貴な友であり信頼できる使者デヴニッシュ卿にふさわしい応対をするよう求めるものです。さらに彼が貴君に語ることとすべてに、貴君の大切な従妹であり忠実なしもべであるマライア・ドンヴィルについて（彼女自身が語るよりもずっと上手に）彼が語ることとすべてについて、辛抱強く耳を傾けてほしい。」（ぼんやりと思い出しながら）彼女は、十年前に死んだ従兄弟の未亡人に違いない。
フランク　そして彼女の高貴な友人の名高い恋人であると？
ガイ　（当惑して）彼の名高い恋人ですって？
フランク　（笑いながら）許してくれ、ガイ。君の法衣のことを忘れていた！
ガイ　僕はまだ法衣を着ていません！

フランク その黒い服と控えめな様子からして、君はきっとそうなるだろう。冷たい大学の、ほとんど冷たい回廊のと言ってよいその雰囲気だ！ デヴニッシュ卿のところに行ってくれるね？ 彼は今か今かと待っておられる。

ガイ (ためらいながら、手紙をふたたび見る)「辛抱強く耳を傾けて」ですって？ まずペヴァレル夫人とお別れしなくてはなりません。

フランク 後にはできないのか？

ガイ 訪問者が僕に命じようとしており、馬車が夜明けに出発する以上、後にすることはできません。

フランク それでは僕が君の時間を使うことはできない！

ガイ 落ち着いてください、フランク。僕たちは古い友人です。これからどれだけあなたのことを考えるか、どれほどあなたの幸福を願うか、僕に言わせてください。

フランク そう言ってくれるなら、僕が望んでいる幸福のことを覚えているだろう？
ガイ 覚えていますとも。僕もそれを望んでいます。
フランク 君は心の良さからそう言ってくれる！
ガイ 僕たちの、つまりあなたと僕の昔からの好意から。
フランク 君のお母様がおられた頃のことも思い出す。君を育て司祭にするとお母様が言われるのを聞いた時の驚きも。
ガイ 母の清らかな魂が安らかに眠りますように！ あれは誠実な誓いでした。その誓いは実現したのです！
フランク 僕が誓いを実現するのも手伝ってくれたまえ。君にはできると思う。
ガイ いつだって喜んであなたのお手伝いをします。
フランク つまり、今、君が我々の元からいなくなってしまう前にしてほしいのだ。君は何年も行ってしまうだろう。永遠にかもしれない。

ガイ　そうです。永遠にかもしれません！　僕は自分の人生を捧げたのです。僕は運命を受け入れます。

フランク　（笑いながら）君はまだ死んだわけじゃない！　しかし我々にとっては、今が君の最期の時だ。

ガイ　僕の最期の時！　僕の最期の時なのですね！　それでは僕は、とても有意義に使わなくてはなりません。フランク、どのようにお助けしたらよいのでしょうか？

フランク　僕のために弁じてほしいんだ。僕を信じてくださいと彼女に言っていただきたい。彼女は君のことを本当に大切に思っているから。

ガイ　彼女は僕たちの聖なる教会を慕っています。

フランク　僕が言いたいのはまさにそれなのだ。君の考えは他の人々の考えと同じではない。君の言葉は他の人々の言葉とは違うのだ。君の言葉に従うのは、ある意味で彼女の義務なのだ。だから君こそまさに僕の思いを伝えられる人なんだ。

ガイ　(少しして) 彼女に非常に優しくしてくださいますか?

フランク　天に誓って約束する。

ガイ　優しくしない男もいます。そして彼女は、彼女は善良さそのものなのです!

フランク　ああ、彼女がどういう人か僕には分かっている!

ガイ　**フランク**　それでは彼女に忠実で優しく誠実にしてくださいますか?

フランク　ああ君、僕は彼女が踏む地面を崇めるよ! それに僕には立派な地所と古い名前がある。

ガイ　(少しして) 僕はあなたの思いを伝えます。

フランク　それでは、今こそお願いします!

（ペヴァレル夫人、再登場）

ペヴァレル夫人　子供はただ疲れているだけでした。でも目を大きく見開いています。あなたをまた抱きしめたいと言っています！

ガイ　抱きしめられに行きましょう！

ペヴァレル夫人　今は待ってください。もっとおとなしくなるでしょう。（ハンバーに向って）ずいぶん遠くまで馬でこられましたから、お飲み物を差し上げましょう。白の間《ホワイト・パーラー》に用意させました。

フランク　ドンヴィル君の昇進を祝して、いただきに行きましょう！（屋敷へと退場）

ガイ　彼はあなたのお踏みになる地面を崇めています。そしてあなたに優しくすると天に誓いました。

ペヴァレル夫人　（微笑んで）私にそう言うように、彼があなたに頼んだのですか？
ガイ　そして彼には立派な地所と古い名前があります。
ペヴァレル夫人　あなたのお名前ほど古くはありませんわ。あなたのはこの国で最古のお名前のうちの一つですもの！
ガイ　ああ、僕は自分の名前を捨てようとしています！　別の名前を持つのです！
ペヴァレル夫人　ドンヴィル様、あなたには天職があります。
ガイ　僕には機会が訪れたのです。それをしっかり見据えて生きてきました。怖くはありません。安楽の放棄、明確な義務、教会の任務、神の賛美。こうしたものが僕を待っているように思います！　そしていたるところに助けるべき人がいます。
ペヴァレル夫人　もしあなたが私を助けてくださったように人をお助けになるなら、あなたは大変な慰めをお与えになるでしょう！

ガイ　僕は慰めを得ました。あなたのお屋敷にて僕は、唯一の途、もっとも深い必要を見つけましたから。僕はここで自分の真の姿を学び、真ではない姿も学びました。たった今も、お子様とあちこち歩いた時、様々な瞬間、様々な思い出が蘇ってきました。僕は僕たちが、つまりあなたと僕がこれまで歩いたすべてのところにお子様をお連れしました。僕はお母様のことを驚くほどお子様に話しました。

ペヴァレル夫人　私も我が子に、おられなくなった先生のことを話しましょう。

ガイ　僕のことを時々はフランク・ハンバー君とお話しください！

ペヴァレル夫人　（突然、脈絡なく、石の上の手紙を見ながら）デヴニッシュ卿とはどなたですか？

ガイ　（驚いて）それを知りに行かねば！

ペヴァレル夫人　そのお手紙では分かりませんの？

ガイ　お読みになってくだされば、お分かりになります。
ペヴァレル夫人　読みませんわ！
ガイ　彼は奥様にきっと優しくしてくれるでしょう。
ペヴァレル夫人　どなたのことを仰っているのですか？
ガイ　フランク・ハンバー君のことです。彼はあなたを助けてくれるでしょう。守ってくれるでしょう。大事にしてくれるでしょう。彼を幸せにしてあげてください。
ペヴァレル夫人　ずいぶん簡単に仰ること！
ガイ　彼と結婚してください！
ペヴァレル夫人　ドンヴィル様、どうしてあなたが結婚のことを仰るのですか？
ガイ　その仕事の最初の規律が、その生活の厳格な規則が、結婚を慎むことであるこの僕が、ですか？　僕はこの世の人として結婚のことを言っているのではありません。聖職者として言っているのです。我々の母なる教会が結婚を命じる場合があります。我々は母なる教会に頭《こうべ》を垂れなければなりません。（屋敷へと退場）

ペヴァレル夫人　（一人になり）母なる教会に頭《こうべ》を垂れなければ、ですって？　私は地面にまで垂れていないでしょうか？　（落ち着きなく、神経質に、テーブルの上の開いた手紙にもう一度目を向ける。そして意を決して手紙を取り上げ、立って読む。その間にデヴニッシュ卿が木戸から再び現れ、気づかれずに夫人を見ている。デヴニッシュ卿再登場）急いでおられますのね。

デヴニッシュ卿　（微笑みながら手紙を指さす。）奥様、あなたほどではありません！

ペヴァレル夫人　ドンヴィル様の許しを得てですが。

デヴニッシュ卿　私が戻ってきた理由もほとんど同じです。私のこの上ない心配のことです！　この場から離れようとした際にあなたにお会いでき、その時に私の心配が生まれたのです。それからいろいろと考えさせられました。それによって私は宿屋に戻れなくなったと正直に申し上げてもいいと思います。私は持ち場を離れられなくなりました！

ペヴァレル夫人　仰ることが分かりません。

デヴニッシュ卿　おそらくお分かりになるでしょう。ドンヴィル君が分かった時にですが！

ペヴァレル夫人　彼をあなたのところに来させ、あなた様を喜ばせるように命じましょう！（屋敷へと退場）

デヴニッシュ卿　魅力的な女性の存在ほど喜ばしいものはない！　もし彼が夫人に手紙を渡していたら、彼女こそ私が推察していたような気がした人、つまり彼が秘密を打ち明ける相談相手だ。その場合、矛盾の匂いがする！（屋敷からガイ・ドンヴィル登場）しかしこの若者なら一度や二度の困難もやむを得まい！

ガイ　あなたのところへお伺いするところでした。

デヴニッシュ卿　君に会いに遠くからやって来ましたので、もう二、三歩歩いてもいいと思っていました。もちろん私の訪問は、理由があってのことです。

ガイ　僕へのお客様は実に少ないのです！

デヴニッシュ卿　たくさんの人の賛辞を受けるのが君の役目なんだ！

ガイ　僕の役目がどんなに少ないか、おそらくあなたはご存じないのです！

デヴニッシュ卿　いや、まったくその逆です。ちゃんと知っていたからこそ私が自らここへ来たのです。それもこれほど早く。君がご自分で確かめられたように、私の信任状は私の用向きの重要さを示しています。

ガイ　ドンヴィル夫人は僕に予期せぬ名誉を与えてくださいます。

デヴニッシュ卿　君が私に与えてくれる名誉ほどではないよ、もし君が私にもっとも注意を払ってくれたらだが。どうか掛けてください。まず君に、君のもっとも近い唯一の親戚ゲイのドンヴィル氏の死去をお伝えするという悲しい義務を果たさなければなりません。馬が彼の首を折ったのです。彼は馬に乗れないほど酔っていました！

ガイ　彼にもっとためになる最期を望みたかったです！

デヴニッシュ卿　彼にはもっとすばらしい人生を、もう少し後継者の少ないことを望んでもよかったのです！　彼は一度も結婚しませんでした。

ガイ　（驚いて）しかし彼には子供がいたと？

デヴニッシュ卿　その子たちは語るに値しません！

ガイ　しかし確かに同情するに値します！

デヴニッシュ卿　財産を失うことについてですか？

ガイ　（一層驚いて）彼らは財産を失うのですか？

デヴニッシュ卿　ゲイの古い屋敷は縮小し、荷を負わされています。しかしノルマン人の征服[3]以来そこに建ち、君の一族の手から離れていないのです。

ガイ　しかし亡くなったドンヴィル氏の子供たちが僕の一族であるとしたら？

デヴニッシュ卿　（あきれて）あんな、村のごろつき連中がですか？

ガイ　（驚いて）しかし他に誰もいないとしたら？

デヴニッシュ卿　もし他に誰もいないとしたら、ドンヴィル君、（痛そうに腰をさすって）私はここが痛くなるまで急いでこなかったでしょう！　君ご自身が、君の一族なのです。

ガイ　（夢から覚めたように）僕が？

デヴニッシュ卿　君が次の後継者です。君がゲイの主人なのです。

ガイ　（茫然として）僕がですか？

デヴニッシュ卿　一族の世継ぎであり、君のお名前の最期の人です。

ガイ　（茫然として）僕にとっては、そんなことはおとぎ話です！

デヴニッシュ卿　それこそまさに私がお伝えしにきたことです。他の人からこの話を聞かせる訳にはいきませんでした！

ガイ　僕は自分の任務を選びました。明日それを受け取りに出かけます。

デヴニッシュ卿　私の訪問の目的は、君に出発させないことです。君の義務はもっと近くにあります。君が着けている名前に対する義務が先です。君の人生は、君だけが放棄できるものではありません。それは君の立場、君の名誉、君の一族に属するものです。

ガイ　（静かに、きっぱりと）僕は聖職者になるべく育てられました。

デヴニッシュ卿　君はドンヴィル家の一員にならないようには育てられなかった、と思いますが！

ガイ　ドンヴィル家の分家の中では、常に教会へ捧げられてきました。僕が覚えている限り遡っても、教会はその捧げものを受け取っています。それを取り戻すには遅すぎます。

デヴニッシュ卿　遅すぎるですって？　数時間のことですよ！　君の冷淡さは私に、君の清らかな性格にとっては禁じられたふさわしくないイメージがあるように思わせます！　それゆえお願いですから、一瞬だけ途切れる性格もあると思わせてください。（笑いながら）君の激しさはペヴァレル夫人のせいですか？

ガイ　（驚き、かすかに怒りながら）ペヴァレル夫人は僕のもっとも優しい友人です。彼女は僕の信仰の生活をよしとされています。

デヴニッシュ卿　そしてそれを示す彼女のやり方は、君をブリストルへと急がせることだったと？

ガイ　夫人は僕を「急がせる」ことなどされていません。夫人は僕を毎日引き止めさえされていました。

デヴニッシュ卿　（心を打たれ、そっけなく）ああ！　そのお引き止めに感謝します！

ガイ　ご存じのように、それは僕の生徒のためです。

デヴニッシュ卿　君の生徒に感謝します！　君の生徒と生徒のお母様は、もう一つの・・・・生活の可能性を君の目に開かせませんでしたか？　つまり君の名前が君に場所を与える男と女の世界の、自然で自由で心地よい生活です。私はドンヴィル夫人のために、君にその問いを投げかけているのです。

ガイ　ドンヴィル夫人の問いは、彼女が会ったことのない人に対する驚くべき礼儀ですね。

デヴニッシュ卿　夫人がどれほど会いたがっておられるか、遠慮なく言わせていただきたい！　彼女は大変な資産とともに君の一族に嫁いだが、その際、一族に仕え、できればその永続に資するようになりたいという強い熱意を持っておられたのです。先週亡くなった君の親類は、その甥御さんの跡を継いだのですが、その甥御さんというのも一人息子で若いころに亡くなってしまい、ドンヴィル夫人を悲しませたのです。夫人は二度未亡人となられていて、最初の結婚で可愛らしい娘をもうけられた。彼女の人生の大きな苦しみにとっては、どれほど大切であってもその慰めは完全なものとは言い難いですが。

ガイ　その苦しみとは、あなたの仰る息子の死のことですか？

デヴニッシュ卿　君の名前の継承者であり、貴い希望と思われていたもの、君の一族に開いた小さな花のことです。

ガイ　その花が摘み取られた時、一族は破滅する運命だったのですね！

デヴニッシュ卿　運命だったですって？　そんなに容易くは破滅しませんよ！　君は自分の血の中に長い過去を感じませんか？　耳に未来の声が聞こえませんか？　君は次の世代を手の中に持っておられるのです！

ガイ （非常に動揺して）では一体何を、あなたは私をどうされることをお望みなのでしょう？

デヴニッシュ卿 今晩君をご親族の元へお連れすることをです。夫人にはぜひ君にお伝えしたいことがおありです。

ガイ 僕はただ、自分の人生を送らせてほしいと夫人にお願いしたいです！

デヴニッシュ卿 それこそまさに夫人が君にしてほしいと望んでおられることです！夫人はただ、君にそれが何かをお伝えしたいと、またぜひ君にお会いしたいと望んでおられます。

ガイ これまで僕に明らかにされたことがなかった様々な事柄について、僕が捨て去ることを学んできたあらゆることに対して、どれほど大きな犠牲を僕が払ってきたかを、あなたが分かっておられるのか、ドンヴィル夫人が分かっておられるのか、疑問に思いますが。

デヴニッシュ卿　もし君が君にふさわしい誇りを捨て去ることを学んだのなら、君は大変悪い教訓を学んだことになる！

ガイ　僕は自分が果たすように任じられた役目の誇りほどふさわしい誇りを他に知りません。

デヴニッシュ卿　君が任じられた役目は立派な紳士の役目であり、その任務を果たす場所は君のご先祖の立派な古いお屋敷なのです！　お父上様方がそれぞれの時代になされたようになされなさい、子供たちの声がお屋敷に鳴り響くようになされなさい！　ドンヴィル家の子供たちが増えれば、それだけ善良な力トリック教徒が増えるのです！　子供たちのためにできることをおやりなさい、そうすれば君は教会のために十分努めたことになるのです！

ガイ　すべての過去と縁を切る、それも今すぐにですか？　玄関で引き返せ、耕していた鋤から手を離せと？　今はあまりに混乱し、あなたの知らせも奇妙すぎ、あなたの召喚も突然すぎます！

デヴニッシュ卿　君の優れた理解力と勉学の素晴らしい効果を当てにしていました！　こうして会う前に君という人物に値段をつけていたとしたら、君と光栄にも話して以来その値段は倍になっています！　この世における君の場所は私には見えていたが、今は君がいかにそれを輝かせるかも見えるよ！

ガイ　僕にはこの世に居場所はないのです！

デヴニッシュ卿　人生の楽しみに対して自分は死んでいると君が名誉にかけて誓うなら、私はただちに君とお別れするよ。楽しみのすべてを君に教えられたら嬉しい！　紳士として君は想像できませんか？　お願いだから、君自身がその楽しみであることを覚えておいてくれたまえ！　楽しみらしく進み出たまえ。イングランドで第一の喜びとなる者として！　その資質は、君が自分の意思で捨て去ることのできない宝なのだ！　亡くなった君の親戚は嘆かわしくもその宝をぬかるみに投げてしまった。どうかそれを拾い上げ、汚れを落とし、身に着けてくれたまえ！

ガイ　ここへやって来て僕を苦しめる、誘惑されるあなたは一体どなたなのですか？誰なのですか？

デヴニッシュ卿　（微笑みながら）君を「誘惑する」だって？　そのお言葉には感謝するよ！　世界は広く、青春は短い。そして機会はもっと短い！

ガイ　まさにそれこそ僕があなたに今おいとまする理由なのです。

デヴニッシュ卿　人生は甘く、友人は優しい。そして愛は、そう愛こそすべてです！（ペヴァレル夫人、屋敷から再登場。傍白）彼はここでそれをすぐ目の前に・・・・・・している！　あなたはドンヴィル君を私の手から救い出そうと来られたのですか？

ペヴァレル夫人　我が家の田舎の食事を殿に我慢していただこうとお願いしに参りま

した。

デヴニッシュ卿　私の空腹は抗いようもなく大きいのですが、奥様、あなたのおもてなしは明らかにそれ以上です！

ペヴァレル夫人　白の間《ホワイト・パーラー》でささやかな食事がお待ちしています。すでにお会いになったハンバーさんがあなたをお待ちです。

デヴニッシュ卿　（ペヴァレル夫人からガイへと一瞬見た後で）君の事情をペヴァレル夫人にお話しください。奥様、彼をあなたのお手にお預けします！　（屋敷へと退場）

ガイ　僕を引き抜こうとする彼は一体誰ですか？　彼は何なのですか？

ペヴァレル夫人　あなたを引き抜く、とは？

ガイ　僕のいとこが死にました。他に親類はいません。僕が、古い屋敷、古い名誉、あらゆる義務や責任の唯一の継承者です。僕がゲイの領地の所有者なのです！

ペヴァレル夫人　（大いに喜んで）何という知らせ、何という知らせでしょう！　胸が高鳴ります！

ガイ　僕が我が家系すべての唯一の者、我が名すべての唯一の者なのです。

ペヴァレル夫人　それはこのようにして一瞬であなたの元に訪れ、あなたを捜し出し、あなたの手を取ったのですね？　ではあなたの人生が称賛されますように。神様が他の人たちの人生を引き受けられたのですから！

ガイ　神は僕の人生も引き受けられませんでしたか？　僕はそれを神に任せませんでしたか？

ペヴァレル夫人　（一瞬だけ当惑し）お任せになった、そうです、部分的に！　しかし司祭でも財産を相続できます！

ガイ　そうです、司祭も財産を相続できます。それを貧しい人々に分け与えることも、教会に差し出すこともできます！

ペヴァレル夫人　（微笑みながら）それを少しばかり自分のものにしても罪にはなりません！　その財産は大きなものですか？　あなたはお金持ちになられるのですか？

ガイ　お金持ちなんてとんでもない！　領地は縮小し負債を負っています。そうとはいえ、彼らは僕がすべてを自分のものにすることを望んでいます。

ペヴァレル夫人　「彼ら」があなたに何を望んでいるのですか？　もし彼らが皆死んでしまったのなら、「彼ら」とは誰なのでしょうか？

ガイ　ドンヴィル夫人は生きておられます。夫人には計画がおありです。夫人は家名に執着しておられ、それが続くことを望んでおられます。夫人は知らせをデヴニッシュ卿に託されました。

ペヴァレル夫人　来てくださり、卿に感謝いたします！

ガイ　卿を憎みたいとさえ思います。今夜来てくださったことに！　明日ならば、ちょうど僕が発った後だったわけですから。

ペヴァレル夫人　でも弁護士たちがあなたを捕まえたでしょう。彼らはフランスまでやすやすとあなたの跡を追ったでしょう。

ガイ　僕を悩ませているのは弁護士ではありません！

ペヴァレル夫人　では何でしょうか、ドンヴィル様？

ガイ　そのような変化の予感、そのような命令の驚くべき声です！　何世紀も続いてきた我が先祖の名前の声です！

ペヴァレル夫人　そうです、その名を身に着けよという命令、名誉と思い身に着け、そのために立派なことをせよとの命令です！

ガイ　古い古い名前を保ち、次の人々に伝えよ、今度は彼らがその名を伝えることができるように、というのです！

ペヴァレル夫人　（気分が昂じて）彼らはあなたが結婚することを望んでいるので

すか？

ガイ　僕が結婚することを望んでいます。

ペヴァレル夫人　（熱心に）彼女と結婚することではなく？

ガイ　彼女とは？

ペヴァレル夫人　ドンヴィル夫人です、あなたのいとこの！

ガイ　何と、彼女は五十歳ですよ！

ペヴァレル夫人　（即座に）きっと六十歳でしょう！　ではそれは彼らの素朴な義務なのでしょう、あなたの家名のために弁じるのは。

ガイ　僕は家名など少しも気にしていません！

ペヴァレル夫人　あなたは気にされています。しばしば私にそう仰いました！（諭すような口調で）あなたの家名のような名前は大きな義務なのです！

ガイ　大きすぎる、僕が背負うには大きすぎます！

ペヴァレル夫人　あなたはお若く、お強く、前途に無限の人生がおありなのに、どうして大きすぎるでしょう？

ガイ　僕の前途の人生はそのようなものではありません。僕の前途にある人生は、より大きな義務にすぎません。

ペヴァレル夫人　あなたのより大きな義務はその呼びかけに耳を傾けることです！

ガイ　半時間前には奥様は別の言葉を発しておられました。僕が就くはずだった任務について、僕には甘美に思えた言葉でした！

ペヴァレル夫人　私は別のことについて話していましたので、別の言葉を発していたのです。半時間前にはすべてが変わっていたわけではありませんでした！

ガイ　僕の心が同じであるのに、どうしてすべてが変わるのです？

ペヴァレル夫人　あなたはお心についてはっきりしておられますか？

ガイ　いや、はっきりはしていません！　だから僕は今夜ブリストル[4]へ行き、マレ

―神父に会うのです。朝まで待つつもりはありません。

ペヴァレル夫人　（懇願して）あなたはこれほどの伝統を、一分で放棄されるのですか？　貴重なものを、まるで卑しいものであるかのように捨て去るおつもりですか？　人生は素晴らしいものです、ドンヴィル様。あなたがそう仰いましたし、あなたはそれをご存知です。

ガイ　ではどうして奥様はいつも放棄について仰ったのですか？

ペヴァレル夫人　（微笑みながら）それは、私がそう話した時は放棄するものが何もなかったからです！　今ではたくさんありすぎます。ドンヴィル夫人にお尋ねください！　弁護士たちが言うように、あなたは夫人からご自分のためになることをお聞きになるでしょう。

ガイ　自分の誓いを忠実に守るということ以上にためになることがあるでしょうか？

ペヴァレル夫人　どの誓いのことを仰っているのでしょうか？　あなたは何も誓っ

ておられません。

ガイ おそらく形式としてはしていません。まだ船を燃やしたわけではありません。しかし僕の唇には取り消せない言葉が浮かんでいます。僕の人生は準備でなくて何だったのでしょうか？

ペヴァレル夫人 たぶんこのためのご準備でした。まさに今この時のためのご準備でした！　理解して選ぶこと、知識を得て行動すること、この世で意義をもって生きるためのです！

ガイ （悲しげに皮肉に）奥様は「この世」と仰います。しかしこの世について奥様は何をご存じでしょうか？

ペヴァレル夫人 こんな田舎に引っ込んでいてはほとんど何も知りません！　でも私はあなた様からそれをお聞きしたいのです！

ガイ 戻ってきましたら、下劣で邪悪なことすべてをお話ししましょう。

ペヴァレル夫人　（この言葉に飛びついて）そうです、戻ってこられたら！
ガイ　その時は僕がこの世について語るすべてが、僕たちは前より安全であることを奥様に示すでしょう！　（そして依然として神経質に落ち着きなく妥協せず）しかしこれほどどす黒い放棄に対して、マレー神父は何と言われるでしょうか？
ペヴァレル夫人　ドンヴィル様がずっと清浄な呼びかけに応えたと仰るでしょう！　神父様にはただちに使者を送ります。あなた様の理由を神父様に叶うものにします。
ガイ　その理由が僕にとっても叶うといいですが！　しかしその理由は様々な考えや願望が混じりあったものです！　僕が奥様には言えないことや話せない言葉などです！
ペヴァレル夫人　（なだめるように、励ますように）真のあなた様におなりなさい。寛大なあなた様におなりなさい。そうすればすべてがあなた様にとって真っ直ぐになめらかになるでしょう！

ガイ　「真の僕」、昨日の僕にですか？　僕は突然それを永久に失くしたように思います！

ペヴァレル夫人　ではそれはすばらしいことです！（熱を帯びて）あなた様がご一緒されるとデヴニッシュ卿にお伝えしましょうか？

ガイ　（話をさえぎり、急に止まって）ペヴァレル夫人！

ペヴァレル夫人　（そわそわと考え、待ちながら）あなた様をどうお助けできるでしょう？　あなた様に何を言ってあげられるでしょうか？

ガイ　どれほどの友愛をお願いできるでしょうか？　どれほどのご援助をいただけるのでしょうか？

ペヴァレル夫人　何をお願いされても構いません。すべてを差し上げます！

ガイ　（驚き、動揺して）すべてを？　（その時、フランクを見て）彼が望まないすべてを！

（フランク・ハンバー、屋敷から再登場）

フランク　（興奮し、喜び、皮肉に）すばらしい騒ぎが起きそうだな、司祭様が法廷へか！

ペヴァレル夫人　（介入に動揺し、冷たく）デヴニッシュ卿からお聞きになりましたのね？

フランク　卿は新たな出発とドンヴィル家への一日の長旅を期待されています！　そして僕は、ねえ君、君の背中を押すよ！　でも君は僕のヨークシャー産の子馬のように顔が白いが。（ガイの様子を不思議がり、あきれたようにペヴァレル夫人に訴えながら）彼がその申し出を受けないと仰るつもりではありませんよね？

ペヴァレル夫人　ドンヴィル様はロンドンへ出発されます、明日の朝早く。

フランク　（高揚し、共感をこめて）デヴニッシュ卿にそうお伝えに行きましょうか？

ガイ　ありがとう、フランク。僕に任せておいてくれたまえ！

フランク　その方がいい。僕はペヴァレル夫人にお話ししたいことがある。

ペヴァレル夫人　（当惑して）あなたのお話は待っていただいた方がいいですわ、ハンバー様。

フランク　ああ、「また」は無しです！　（自信に満ち、しかし皮肉に）どうして僕をすぐに家へ追い返されないのですか？

ペヴァレル夫人　お家があなたにとってもっとも安全な場所です！

フランク　ガイ様、夫人がどれほど残酷に僕を扱われるか、君に証人になってもらいたい！

ペヴァレル夫人　あなた様に会いに四マイルも馬車に乗る時は、あなたを素晴らしく扱いますわ。（ガイに目を注ぎ、箱を取り出しながら）しるしとして納めておいた古い宝石をあなた様にお届けするために。

フランク　（喜んで）ではそれは僕のためのですか？

ペヴァレル夫人　あなたのためのです！

フランク　（箱を手にして）どれほど感謝申し上げたらいいでしょう？

ペヴァレル夫人　（素っ気なく）どうか感謝されすぎないで！　（ガイに向って）デヴニッシュ卿が安心されるようになさいませんか？

ガイ　（今目にしたものから奮起し、声を上げて）卿を安心させます。卿を受け入れます！　（完全に変貌し、熱を帯びた身振りで）ドンヴィル家よ永遠なれ！　いざロンドンへ！　（屋敷へと退場）

ペヴァレル夫人　（喜びに身を任せて）彼は自由になられた！　自由に！

フランク　(当惑し、冷静に)「自由」ですって？　おや、分かりました。でも、お分かりのように僕も自由です。別のニュースも漂っています。一時間前にここで、奥様がお答えとして私にくださると約束された良いニュースです。

ペヴァレル夫人　今はお答えできません。不可能です。どうか私に求めないでください。

フランク　(愕然として)一分一分を数えていた僕に「求めないで」くださいとは。僕に約束してくださったのに「求めないで」くださいとは。

ペヴァレル夫人　私は何も約束しておりません！　お願いですから私をひとりにしてください。

フランク　(当惑し、仰天して)では奥様が報いてくださるはずだった僕の忍耐は？　奥様がくださったばかりのこの贈り物は？

ペヴァレル夫人　(いらいらし、ぞんざいに、ただ彼を追い払いたいとのみ願って)

申し訳ありませんが、あなたの忍耐は無駄でした。ごめんなさい、贈り物は何でもありません。お別れのしるしです。

フランク　（ぞっとして）僕を拒絶すると仰るのですね？

ペヴァレル夫人　完全にです、ハンバー様！　そしてもう二度とこの問題に戻らないでください！

フランク　（怒って）僕を待たせ続けてこられて、それがすばらしいお答えですか？

ペヴァレル夫人　前にはその答えは差し上げられませんでした。でも今ははっきりしています！

フランク　（びくっとして）「今」とはどんな謎でしょうか？

ペヴァレル夫人　謎ではありません。でもまた別のことなのです。（即座に）さようなら！

フランク　一体どこに違いがあるのです？　（そして見抜き、困惑し）何ということだ。あなたは彼を愛しているのですね！

ペヴァレル夫人　（その言葉を激しく払いのけ、手を振って彼に別れを告げ）私に話しかけないでください。私を見ないでください。ただ私をひとりにしてください！　（ほとんど横柄に）さようなら！

フランク　（すばやく身を起こし、激しく努めて）さようなら！

（屋敷からデヴニッシュ卿再登場。木戸からフランク退場）

デヴニッシュ卿　（皮肉に）奥様が友を失われて残念です！

ペヴァレル夫人　（デヴニッシュ卿を見ておらず、驚き、混乱して）ハンバー様のことですか？

デヴニッシュ卿　（おもしろがって）ハンバー氏もですか？　寂しくなられますよ！

ペヴァレル夫人 （卿の態度に当惑し、彼の馴れ馴れしさに怒りながら）デヴニッシュ卿！

デヴニッシュ卿 今はドンヴィル君の最後の時です。今後奥様が彼にお会いできるか分かりません。彼には別の場所で若い女性を祭壇へ導いてもらう特別な必要があります。ドンヴィル夫人の最初の結婚でのお嬢さんで、可愛らしく徳高いブレイジャー嬢です。千人に一人の花嫁、カトリックであり、美人で、財産もあります。（ドンヴィルを見て）ドンヴィル家よ永遠なれ！

（屋敷からドンヴィル再登場）

ガイ お幸せな奥様とお別れです。

デヴニッシュ卿 女性とお別れするのにこれ以上ふさわしい時はないでしょう。我々が彼女とお別れすべき時です。来たまえ！

ガイ　ドンヴィル家よ永遠なれ！

（ガイとペヴァレル夫人の会話。ガイとデヴニッシュ卿退場。ペヴァレル夫人が舞台にひとり）

第二幕

リッチモンドのドンヴィル夫人の屋敷。舞台上にドンヴィル夫人とジョージ・ラウンド。

ラウンド　僕の「邪悪な帰還」の理由はただ、奥様への敬意と私のいとこ、奥様の大切なお嬢様への敬意のみです。

ドンヴィル夫人　その敬意をどう表されるのがもっとも良いか、六か月前にお教えしたのをお忘れですか？

ラウンド　奥様の視野に入らない、奥様が僕の存在を忘れるままにし、僕が奥様の存在を忘れることを奥様に望ませるままにしておけ、ということですね？　奥様、僕はご命令に従いました。僕はただちに船に乗りました。しかし僕の船は先週戻ってきたのです。

ドンヴィル夫人　リッチモンドへ帰還されなかったと思いますが。この家はあなたの港ではありません！

ラウンド　むしろ荒く親しみのない岸辺です！

ドンヴィル夫人　では、上陸を試みれば何があなたに降りかかるかご注意ください。

ラウンド　六か月前に僕に降りかかったこと以上にひどいことがあるでしょうか？体から命が蹴り出されてしまいました。そして僕が奥様にふたたびお目にかかれるとしても、それはただ昔の希望の残骸が奥様の足元に打ち上げられたにすぎません。

ドンヴィル夫人　きっとその残骸は沈むのに少し時間がかかりますわね。ただ、あなたは嵐の中で軍服をお脱ぎになったようですけど。

ラウンド　奥様、それは計算してのことです。僕の職業を、少なくとも僕が昇進しないのを奥様が軽蔑しておいでのようですので、軍旗を掲げないのがたしなみと思いました。

ドンヴィル夫人　あなたのご計算のたしなみは、あなたの仕立て屋のたしなみよりよろしいですわ！

ラウンド　征服をしに来ないのなら、たぶん仕立て屋は問題ではないでしょう。僕はもはやお嬢様の求婚者ではありません。しかし僕が血のつながりや親族の立派な自由を忘れるとお約束したことはありませんと、奥様に思い出していただく——これこそ僕の使命でした——権利を僕は持っています。

ドンヴィル夫人　大げさに言われる立派な自由ですこと！　哀れなブレイジャー氏の甥だったという滑稽な名誉について、ラッパを大きく吹かれすぎますわ。

ラウンド　お嬢様がブレイジャー氏の娘であったことより、僕が彼の甥であったことの方が、なぜ滑稽なのでしょうか?

ドンヴィル夫人　(一瞬間をおいて) そうではありません!

ラウンド　奥様のお立場を最大限に活用するつもりです、とお伝えするためにやってまいりました。

ドンヴィル夫人　「お立場」ですって? 私たちはあなたにどんな立場も差し上げていません。あなたは何の立場もあてにはできません。

ラウンド　では僕はそれすらも受け入れます。人は絞首刑になる前には自分の一族に会うことは許されます!

ドンヴィル夫人　その訴えは当てはまりません。娘はあなたのご一族に加わることをやめたのですから!

ラウンド　(茫然として) お嬢様はどの一族に加わられるのでしょうか?

ドンヴィル夫人　私の一族にです。

ラウンド　奥様のご一族にですか？

ドンヴィル夫人　古いドンヴィル家にです。その歴史や古くからの信仰に対する忠誠を、あなたはご存じないふりなどする必要はありません。娘はその一族に加わろうとしております。娘よりも劣るとはいえ、母親が十年前に加わったように。娘はゲイのドンヴィル氏と結婚いたします。

ラウンド　何と！

ドンヴィル夫人　親族には親族を。彼ははるかに素晴らしい……。

ラウンド　帝国海軍のしがない大尉よりも？　奥様にはそうだということは、理解できます。しかしお嬢様にとっては？　説得はそれほどたやすかったのでしょうか？

ドンヴィル夫人　娘は彼に従いました！　娘は、もっとも素晴らしい男性、町じゅうの噂の的であり現代の奇跡である彼に恋しています！　彼女は雲雀のように明るく、女王のように誇らしく思っています。

ラウンド　お嬢様ご自身からそうお聞きしたら、僕も信じます！

（デヴニッシュ卿登場）

デヴニッシュ卿　よりにもよって、君か！

ラウンド　お嬢様のお手を素晴らしい方がお取りになったのですから、僕がお嬢様にお会いしてももはや何のお邪魔にもならないでしょう。

デヴニッシュ卿　ただ、これほど事情が変化した以上、君がそうする理由ももはやあるまい！

ラウンド　あなたは理由と仰いますが、この家のことについてあなたが発言するお力を持っておられることを、僕はずっと前から分かっていたと言わざるをえません！

ドンヴィル夫人　デヴニッシュ卿が我が家のもっとも古くからの、そしてもっともお優しい友人であることは誰もがご存知です！

ラウンド　僕自身はデヴニッシュ卿の優しさの恩恵にあずかることはまずありません。しかしブレイジャー嬢に直接お別れを告げるお許しをくださるよう、どうか奥様から卿の優しさにおすがりしていただきたく存じます。

デヴニッシュ卿　いやはや、この件について私の発言力が求められるなら、ドンヴィル夫人にお別れするのに一分だって君にやろうとは思わない！

ドンヴィル夫人　（優しく）この大事な出来事の後なら、お好きなだけ来ていただいても構いません！

ラウンド　大事な出来事？

ドンヴィル夫人　（一瞬ためらって）私たちは土曜日と発表しました。でも予定を早めます。
デヴニッシュ卿　（力をこめて）予定を早めます。結婚は今夜です。
ラウンド　（仰天して）今夜ですって？
デヴニッシュ卿　私の司祭が結婚を執り行うのだ！
ラウンド　（一瞬の後、激しく）結婚などなくなってしまえ！　司祭などいなくなれ！
デヴニッシュ卿　いまいましい乞食が入ってきよって！　万事うまく整っておりますか？
（退場）
ドンヴィル夫人　娘が彼に会わなくても何の問題がありますでしょうか？
デヴニッシュ卿　メアリーがどう思うか誰も分かりません。しかし万事が整っています！
ドンヴィル夫人　結婚の衣装がまだ届いていません！

デヴニッシュ卿　花嫁の衣装が？　きっと届くでしょう！　少なくともあなたの衣装は屋敷にあります！

ドンヴィル夫人　私には二着の古い衣装があるとは仰いませんでした。三着目はずっと先のことになりそうですわ！

デヴニッシュ卿　我々の約束を取り消すつもりだと言おうとされておられるのかな？

ドンヴィル夫人　私たちが市場の呼び売り商人であるかのような言い方をなされますわね！

デヴニッシュ卿　そんなたとえなどどうでもいい！　我々は最高の取決めができるのです！　我々の取決めの条件を思い出していただく必要がありますか？　私の明確な計画の実行者であるあなたのお嬢さんがゲイのドンヴィル夫人となったあかつきには、リッチモンドのドンヴィル夫人は、この見事な計画の最後を飾るべく、デヴニッシュ子爵夫人となるのです。

W. G. エリオット（デヴニッシュ卿）とエドワード・
セイカー夫人（ドンヴィル夫人）

ドンヴィル夫人 ずいぶん立派な仰り方をなさいますこと。でもあなたにはまだ果たすべきお約束がありますわ！

デヴニッシュ卿 私は常にそれを果たしていませんでしょうか？ たった今も、あのごろつきの水夫に行いませんでしたか？

ドンヴィル夫人 あのごろつきの水夫にはずいぶんと気を揉まされました！ （卿が立ち上がる。） 何をなさるおつもりですか？

デヴニッシュ卿 メアリーにひとこと言おうと思って。

ドンヴィル夫人 そのお一言とは？

デヴニッシュ卿 あなたが怖れておられることではありません。自然の声、思わず漏れる溜息とともに出る声です。自然の声は押し殺します。あなたのために！

ドンヴィル夫人 私のためにではありません。娘のために。そしてあなたの偽りすべての償いとして！

デヴニッシュ卿　私に偽りがあったというのは、ご自身の二度目の結婚の厳しい教訓に添えるためにあなたがお作りになった楽しい作り話です。

ドンヴィル夫人　良心の呵責が新鮮なうちでしたら、すぐにあなたと結婚したでしょう。でも私が自由になったころには……。

デヴニッシュ卿　はじめの新鮮味が失せていた、と？　良心の呵責などどうでもいい！　勇気をもって私と結婚してください！　私に前へ進ませてください。

ドンヴィル夫人　彼が本当に娘に心変わりをさせたかどうかを？　でももしはっきりと心変わりをさせていなかったなら、どうして彼はあれほど心穏やかにしていられるでしょう？

デヴニッシュ卿　（笑いながら）彼は「心穏やか」がひどく好きなのです！　あの男は楽しむように生まれついています。

ドンヴィル夫人　すべての紳士が、受け取る楽しみと同じほどを与えることができるわけではありません！

デヴニッシュ卿　彼はあなたに好ましくあろうと思っているだけです。

ドンヴィル夫人　私を見た瞬間から、彼は成功しました。

デヴニッシュ卿　あなたが彼を見るたびに、それは十分に表れています！（からかいながら）あのメアリーが母親のご気質を受け継いでいると言うつもりはありませんが！

ドンヴィル夫人　娘の母親は、求められれば、その場で愛する人と結婚するでしょう。実際には母親は、若い花嫁を忙しく着飾らせることしかできません！

デヴニッシュ卿　ご自分で花嫁衣装を探すおつもりですか？

ドンヴィル夫人　我が家の馬小屋でもっとも大きな馬車の中に！　万事を確かなものにしたいのです！

デヴニッシュ卿　万事が確かです！（ガイを見て）そしてすべての中でもっとも確かな人、ドンヴィル君です！　彼を見ることは信頼のしるしです！

（ガイ・ドンヴィル登場）

ガイ　デヴニッシュ卿、僕の変わらぬ義務を果たすために、あなたのお屋敷をうかがってきました。こんな素晴らしい日には朝早くうかがい、親しく抱擁せねばならないと思ったからです。

デヴニッシュ卿　私がここへお邪魔したのも、同じく君に会いたいと思ったからです。

ドンヴィル夫人　あなたがたがお互いに礼を尽くそうと早起きされたのに敬服いたします。とりわけ、昨夜床に入られたにちがいない時間を考えますと！

ガイ　確かに奥様、僕たちが結論を選ぶいとまを与えられない遅い時間でした。僕がお邪魔したのを見守っていた明るい星はとっくに暗闇へと沈んでいました。僕の訪問について唯一欠点を見出すあの光は、あまりにもはかなく輝き、すぐに沈んでいくのです！　ブレイジャー嬢がいなくなり、僕たちは慰めを求めてムーン夫人のところへ行きましたが、夫人の慰めは奇妙なほど冷たいものでした。夫人は僕たちをトランプ遊びにひどく誘いました。

ドンヴィル夫人　でもトランプ遊びにはそれなりの暖かさがありますわ！

ガイ　ただそれは、暖かい側だけの話です！　僕はただちに、ほとんど着ている服まで夫人に負けました！

デヴニッシュ卿　ガイはいつも女性に負けるのです！

ガイ　もちろん普通なら、自分の服まで負けるべきではないです！　しかしデヴニッシュ卿、僕はわざとそこまで負けました。俗な言い方では、その種の不幸は別の幸運を生みますから！

デヴニッシュ卿　恋愛での幸運をですね。この若者の言うことをお聴きください！

ガイ　おそらくあなたの例に倣えば、僕は両方を狙うべきなのでしょう。女性が運を直す時、男はオンバー[5]で何をすべきでしょうか？

デヴニッシュ卿　君は何にも注意しないように、とこのご夫人なら仰るでしょう！

ドンヴィル夫人　この方は一体何を仰りたいのでしょう？

ガイ　僕は分からないふりはしません！　今となっては、デヴニッシュ卿が仰りたいことを僕は常に分かっていると思います。

ドンヴィル夫人　時としてその安全は疑わしいものです。

ガイ　（笑いながら）ああ奥様、僕はこれまで安全な人生を送ってきました！

デヴニッシュ卿　（笑いながら）この人は危険を気にしすぎです！

ドンヴィル夫人　愛すべき善良な方ですわ。人との付き合いを怖れる必要はありません！

ガイ　自分がどれほど善良かは分かりませんが、どれほど無知かは毎日学んでいます。

ドンヴィル夫人　あなたの無知はまったく素晴らしいものでした！

ガイ　無知は潮が引くように減りつつあります！　奥様がピンクの貝殻を集められるように、僕は新鮮な感情を拾い集めます。そして貝殻を耳に当てると、それぞれの貝から世界の神秘のつぶやきが聞こえます！

ドンヴィル夫人　あなたの立派なお話を聞くと、私たち女性は何も拒めなくなります。

ガイ　あなた方女性の皆さんは、僕がいつも思っていたよりもずっとお優しい。奥様は僕に自信を与えてくださいました。そして誓って申し上げますが、僕は自信を持てて嬉しいです。人にどれほど与えられるか分かりませんが、自分が感じることすべてに喜びを覚えます。今日のような日には、すべてにいきわたっています。仕立て屋にさえいきわたっています！

デヴニッシュ卿　私の仕立て屋は当てになりますぞ！

ガイ　ああデヴニッシュ卿、あなたは僕の靴下止めを注文してくださった！
デヴニッシュ卿　君の素晴らしい風采を見たからです！　白と金をまとった君を見ることになるでしょう。
ドンヴィル夫人　彼が立派な上着を好んでいるのもお分かりでしょう！
ガイ　奥様、僕は何であれ立派なものが好きだと思います。ともかく、僕はあなたが僕に背負わせてくださるものが背負えます。そして幸福も背負えると思います！　それに来させてください。そして僕にそれを身に着け続けさせてください！　今メアリーに言いましたように、僕は感謝の気持ちでいっぱいです。つまり奥様、あなたへの。
ドンヴィル夫人　私のことを娘にお話になられるのは、いつもではありませんように！
ガイ　とりわけメアリーを喜ばせたい時だけです。
デヴニッシュ卿　君がきっとそうなると、私は言いませんでしたか？　君が本分を正しく果たしていないと、私はポーチーズで言いませんでしたか？

ガイ　あなたはポーチーズでいくつかの真実をお教えくださいました。そしてあなたがお褒めくださった僕の素質については、僕はほとんど怖ろしくなるほどです。

デヴニッシュ卿
ドンヴィル夫人　（一緒に）怖ろしくなるですって？

ガイ　あなたの予言が実現した仕方が。知識が甘美なものであり、人生はより甘いことが分かるだろうと仰いました。

デヴニッシュ卿　そして愛はもっとも甘美だと。

ガイ　僕は抜け目なく分かっていました！

デヴニッシュ卿　この悪者は腕試しをしていたのだ！

ドンヴィル夫人　もちろん以前にも彼は恋をしていました。

デヴニッシュ卿　自分が我々皆をどう愛させたかを、彼は分かっています！

ガイ　奥様、僕がここへお邪魔したのは恋をするためではなくて、自分の家系に対する義務を果たすためでした。

ドンヴィル夫人　そして私が自分の義務を果たすのを助けるためでした。

ガイ　申し上げてよろしければ、奥様はご自分の義務を大事にお考えすぎです。

ドンヴィル夫人　（真剣に、真摯に）あなたはドンヴィル氏のご臨終の際におられなかった。

デヴニッシュ卿　（この教訓的な場に手助けをしたという特権を持っているかのように）ガイ君、私はその場におりました・・・・！

ドンヴィル夫人　その上あなたは私の息子をご存じない。

デヴニッシュ卿　ガイ君、君がその息子の地位を継ぐのだ。

ガイ　それでは彼らの守護神に安らぎが訪れますように。

デヴニッシュ卿　まさにその通りです。そして我々が彼らに犠牲を捧げる前に……。
ドンヴィル夫人　花嫁のペティコートに手を加えなければ。（ガイに向かって）彼女は部屋に行きましたか？
ガイ　彼女についての唯一の不満は、部屋にいすぎることです。
ドンヴィル夫人　娘をあなたのもとへ呼び戻しましょう。
デヴニッシュ卿　彼女をしっかり捕まえておくよう、ガイ君には言うつもりです。
ドンヴィル夫人　（ガイに向かって、意味ありげに）母が娘を連れてまいりますまで。
（デヴニッシュ卿に向かって）ホワイト神父様のことはお願いします。（退場）
デヴニッシュ卿　夫人は今すぐにでもやり終えたいと思っておられる！
ガイ　奥様はいったい何を怖れておられるのですか？
デヴニッシュ卿　君のもう一人の恋人だよ。君の最初の恋人！
ガイ　（ぽかんとして）僕の最初の恋人ですって？

デヴニッシュ卿 ペヴァレル夫人のことではないよ！
ガイ （非常に真剣に） まさかそんな。節度があるなら。
デヴニッシュ卿 節度は、ありがたいことにまったく別な風に見えます。節度は我々の母なる教会を向いています！ ドンヴィル夫人はあの徳高い女性に嫉妬されています。
ガイ その嫉妬を鎮めるために自分に何ができたのか、自分が何をしなかったのか、僕には分かりません。僕がはっきりとは捨てなかった決まりはほとんどなく、僕が厳密に言っても裏切らなかった信頼はほとんどなく、僕が良心にかけてでも破らなかった誓いはほとんどありません！ 人は良心にかけてこれ以上何ができるのでしょうか？
デヴニッシュ卿 ガイ君、人が良心にかけて行うことは、喜びとなって戻ってくるのです！

ガイ　それがあなたがこんなにお幸せな理由ですか?
デヴニッシュ卿　私の幸せは他の人たちの幸せです。
ガイ　では僕の幸せはあなたを満足させるに違いありません! 僕は一度たりとも振り返りませんでした。僕はあなたが僕にくださったものを受け取りました。僕はあなたが導いてこられたところまで来ました。僕はあなたがお命じになったことをしました。
デヴニッシュ卿　君は恐ろしくうまくやってくれた!
ガイ　そして僕のために誰も不幸になっておられないと?
デヴニッシュ卿　君の栄光の唯一の欠点である現世に生きる男として!
ガイ　僕のために誰も不幸になっておられないと、はっきり知ることが僕には必要なのです。自分が算術の合計のように正しいと証明されたことになりますので!

デヴニッシュ卿　（微笑みながら）明日、はっきりとお分かりになるでしょう！

ガイ　それなら明日に来させてください。そしてたくさんの明日も！

デヴニッシュ卿　我々は多くの明日に追いつこうとしています！　ホワイト神父様がお勤めをされるのを見ることになるでしょう。

ガイ　それでは神父様がお勤めから離れられるようにしましょう！　僕が自分の勤めから離れたことを神父様にお伝えしましょう！

デヴニッシュ卿　（言葉を和らげて）結局、神父様をトランプに誘うわけではありません！　ブレイジャー嬢がやってきたら、どうかしっかりと彼女のお相手をしてください。

ガイ　（驚いて）彼女は僕といるのを嫌がるでしょうか？

デヴニッシュ卿　それはただ不安に思っているからです。彼女の不安を追い払ってください！

（デヴニッシュ卿退場）

ガイ　彼女の不安を追い払うだって？　（考えながら、熱をこめて）自分の運命と向かい合い、僕はいっそう本来の自分だと感じる。本当に僕は、自分が行ったかもしれないところから遥か遠くに来ている。そして言わねばならない言葉を言うために、自分が言わなかった言葉を忘れなければならないのだ！（ジョージ・ラウンド再登場。驚いて）不注意をお許しください。お名前が告げられるのが聞こえなかったもので。

ラウンド　この包みをブレイジャー様にお渡しするために来ました。

ガイ　ああ、もう一つの結婚祝いですか？

ラウンド　もう一つの結婚祝いです。

ガイ　おもちゃ屋から？　きれいな飾りですか？

ラウンド　金の指輪です。真珠のついた。

ガイ　（笑いながら）たった一つですか？　真珠はたくさんつけなければ！　でもその包みを僕にお預けになれば、ブレイジャーさんが受け取られるようにします。

ラウンド　僕の用向きは、僕の用向きは……。

ガイ　（ラウンドが困って立っているのを見て）これをブレイジャーさんのお手にお渡しすることだったと？

ラウンド　必ずこれが彼女にまっすぐ届くようにすることでした。

ガイ　ではこの場で彼女に渡るようにしましょう。彼女が僕のところへ来ようとしています。（ラウンドが少し驚くのを見て、微笑みながら）まったく正当に、僕が花婿なのです。

ラウンド　（ふたたび躊躇しながら）それではあなたがお渡しください。

ガイ　何か添える言葉はありますか？

ラウンド　これがお気に召したかどうか後で見にきます、とだけお伝えください。

（退場）

ガイ　これがお気に召したかどうか、だって？　商人にしては、あの男は愛想が悪いな！（メアリー・ブレイジャー登場）ちょうどおもちゃ屋と行き違いになられた。彼はあなたに指輪を持ってきました。真珠のついた。（彼女がぽかんとし、また驚いているのを見て）それをご覧になりませんか？

メアリー　私にお渡しください。

ガイ　どなたからの物ですか？

メアリー　（箱を持ち、興奮を抑えながら）どなたからの物でもありません。これを持ってこられた方はどこにおられますか？

ガイ　まだ門にも着いていないでしょう。彼を呼びましょうか？

メアリー　（不安そうに、すぐに）いいえ、結構です。
ガイ　あなたのお気に召したかどうか、彼は見に来ます。
メアリー　（困惑して、しかし問題を避けて）これは目的を果たしました。
ガイ　（笑いながら）おやおや、あなたはまだその指輪をはめさえしておられないのに！
メアリー　たいしたことではありません。何でもありません！　母があなたのところへ参るように言いました。
ガイ　（微笑みながら）お母様は僕を信用しておられません！
メアリー　母は考え違いをしていると思います。
ガイ　メアリー、あなたもそうですか？　あなたの信用さえあれば、僕には十分です。
メアリー　あなたは私にとてもよくしてくださいます。
ガイ　あなたが僕に与えてくださるもののすべてを思う時、どうして僕が十分すぎるほどよくできますでしょうか？

メアリー　（感情をこめて）私が差し上げられる以上に、あなたは手にされるべきです！

ガイ　美以上のものを？　徳以上のものを？　幸運以上のものを？　あなたが僕の前に立ち、あなたの目をのぞかせてくださる以上のものを？　僕は口ごもりよろめきながらここへ来ました。しかしあなたにお会いした時には、まるで自分の歌の調べを見つけたかのようでした！

メアリー　あなたのためにすべてが完璧に整えられていました。

ガイ　まるでおとぎ話の中で行われるように。ただ、それよりずっと素晴らしく！　魔法の城と美しい王女の世界。しかし巨人や竜はいません。

メアリー　（真剣に）美しい王女は冒険好きな王子を待っていたように見えましたか？

ガイ　この世のあらゆる慈悲心を持って！　まるで王女も魔法使いに触れられたかの

ようでした。

メアリー 王女は魔法使いに本当に触れられたのです！

ガイ （優しく意味ありげに）その魔法使いの名前は？

メアリー （すばやく）その名を言ってはなりません！

ガイ なぜならおとぎ話では二人はけっして言わないからであり、僕たちのロマンスは決まりに従わねばならないからです。僕たちの決まりがすべて同じように楽なものでありますように！　また行かれるのですか？　ここにおられないのですか？

メアリー 私に条件をつけさせていただければ、ここにおります。どなたがこの指輪を持ってこられたか仰っていただければ、ということですが。

ガイ （その出来事をすっかり忘れていたかのように）指輪？　おもちゃ屋からの？

ああ、褐色の顔の若者でした。

メアリー　どんな様子でしたか？
ガイ　礼儀がまったくありませんでした！　彼をご存知なのですか？
メアリー　（まごついて）その方にお話しした方がよさそうです。
ガイ　それは簡単にできます。彼は戻ってきます。
メアリー　でもそれは何時と彼は言いましたか？

（ジョージ・ラウンド再登場）

ガイ　さあ彼がきました！
メアリー　（非常に動揺しつつもそれを隠して。ガイに向かって）この紳士と五分間だけ一緒にさせていただけませんでしょうか？
ガイ　（驚いて）この紳士ですって？

ラウンド　ジョージ・ポーター・ラウンドです。何なりとお申しつけください。
メアリー　彼に大事なことをお話ししなければなりません。
ガイ　（ぼんやりと）お一人で？
メアリー　（口実を見つけて）あなたのことです！　そして指輪の。
ガイ　（面白がって）指輪をはめるのは僕の指なのですか？　ではお話しください。
そして僕に合わなければ、指輪を送り返してください！　（退場）
メアリー　（感情をあらわにして）戻ってこられましたわね！
ラウンド　あなたの以前の誓いをしるしとしてお返ししました。
メアリー　いただきました。あなたの誓いにもお返ししなければなりません。あなたはそれによって信頼できる形で変わられました。
ラウンド　ではあのひどい話は本当なのですね？　そしてあれがドンヴィル氏ですか？
メアリー　ではご存知なのですね？　どなたかにお聞きになられましたか？

ラウンド　僕は一時間前にここに着きました。船からまっすぐにここへ。
メアリー　母に会われましたか？
ラウンド　そしてお母様の……（急に言いやめて）デヴニッシュ卿に。
メアリー　お二人はあなたが戻ってこられるのに同意されましたか？
ラウンド　反対されました。あらゆる非難の言葉で。いろいろありましたが、僕は戻ってきました。あなたに一目お会いするために！
メアリー　あなたが怖くて、彼らは事を急いでいます。
ラウンド　しかしあなたのことはほとんど怖れていないでしょう、あなたの行いから見て！
メアリー　少しはお許しください。あなたはご存知ないのです！
ラウンド　知っているのは僕の方です。ご存知ないのはあなたの方だと思います。彼らは僕を追い払い、僕は去りました。ご想像されるような状態で。それから僕は理性を取り戻しました。あなたに知っていただきたいと、僕が知っていることを、そして僕が感じていることのいくらかでもあなたに知っていただきたいと、思うようになったのです！　町の金細工屋へ行き、僕が長くはめていたあなたの小さな指輪を抜き取って、新しい容れ物に叩き込ませました。何かちょっとしたことでうまく行くのでは、と思っていました。店からの物のようにこの指輪をあなたにお渡しできるのではないかと。必死な者に幸運が手助けすることがあるように、僕は成功しました。あたりに邪魔はなく、彼にじかにあったのです！

メアリー　でもこの二度目は？

ラウンド　門番はためらいましたが、僕を通してくれました。ドンヴィル氏にお会いしたいと言ったからです。ドンヴィル氏は役に立ってくれました。幸いなことにまだ役立ってくれています。僕を行商人と間違えたのです！　しかし彼は僕のしるしを持っていってしまいました。

メアリー　あなたが軽蔑するしかないしるしを！

ラウンド　僕たちが分かれた時、僕は決してそれを信じることはできなかったでしょう！

メアリー　私たちは従いましたわね？　私たちは待つことに同意しました。

ラウンド　同意する時、僕はあなたの財産を呪いました。財産があるために、待ちきれない表情をするとお金目当てに見えるからです。あなたが貧しくても、僕はどんな些細なことでも同意したでしょう！

メアリー　私の幸運はやはり同じです。でも他のことは違います。私への訴えは激しいものでした。そして本当に今も訴えています！

ラウンド　彼が激しく求婚していると仰るのですか？

メアリー　デヴニッシュ卿のことを申しているのです。卿は私たちのもっとも古い友人です。そして卿は私を喜ばせる研究をずっとしておられます。

ラウンド　僕の方がもっと一生懸命に研究してきたと思います！　あなたの中でどんな毒が作用したのか分かりませんが、あなたに再びお目にかかると、あなたこそ僕が世界でもっとも欲しいものだと思わざるを得ないのです！　天の助けによって、僕たちは今この瞬間二人きりです。そして僕の命のすべてはあなたのものです！　こんな怖ろしい裏切り行為などおやめになって、僕の保護に身を任せてください。できる間に逃げてください！　僕は川から来ました。そして舟は庭の端にあります。[6]

メアリー　すぐに彼は私がいなくて寂しくなるでしょう。私たちの間に入ってくるでしょう。人々の言い争い？　そうではありません。（深く悲しんで）そしてあまりにも醜い主張があります！

ラウンド　しかしあなたのお母様はここにおられない。

メアリー　母のところにも届くでしょう。帽子屋にいるだけですから。
ラウンド　そしてお母様のご友人は？
メアリー　デヴニッシュ卿ですか？　卿は軍勢を集めています。
ラウンド　ではできる限りこの紳士の相手をしましょう。彼を出し抜くのです！
メアリー　（ぼんやりと）彼を騙せと？
ラウンド　彼は騙されています。もっとちゃんとしたものにしてあげましょう。僕があなたのいとこであり、お母様が僕を侮辱したと仰ってください。僕たちを引き合わせてください。そうして僕たちは一緒に酒を飲みます！
メアリー　（ぼんやりと）お酒を飲まれると？
ラウンド　（テーブルのところへ行き）酒かどうか試させてください。（グラスに注ぎ、飲む。）おお、これでいい。僕は彼より酒が強い。
メアリー　（ぼんやりと）でも、どうなさるおつもりですか？

ラウンド　彼を飲むように誘い、床に寝かすのです。

（ガイ再登場）

メアリー　お静かに！

ガイ　（ラウンドがグラスを置く前に、驚き、また面白がって）ああ、ワイングラスがもう溢れていますね。

ラウンド　ひどく喉が渇いた伝令のために！

ガイ　（微笑み、メアリーに向かって）伝令への心づけですか？　それでは大きな問題を解決されましたか？

ラウンド　どうすべきかについて僕たちは合意しました。お嬢様、申し上げてもよろしいですか？

メアリー　仰ってください。

（メアリー二階に退場）

ラウンド　（すばやくテーブルに戻り）僕はちょっとふらふらしていました。太陽の下を長い間歩いてきましたので。

ガイ　では、自由にお飲みなさい。（ラウンドがワインを手にするのに恥ずかしがっているのを見て）僕に手伝ってほしいのですか？

ラウンド　（ガイが注いでくれる間に）本当にありがとうございます。でも僕はあなたと一緒に飲みたいのです。

ガイ　（驚いて）僕と「一緒に」ですって？（笑いながら。親切にも）結婚の祝宴の始まりです！

ラウンド　（なみなみと注がれたグラスを手にして）招待されない哀れな人々のために！

ガイ　今日は誰も哀れにはさせません！　君は極上のワインを飲んでいる。

ラウンド　あなたと一緒に飲めれば、僕は自分がもっとこのワインにふさわしいと思うでしょう。

ガイ　（いっそう驚いて、しかし依然として面白がって。彼に調子を合わせて）君の健康が完全に回復しますように！

ラウンド　（まだ気分が優れないかのように）あなたの健康が速やかに定まりますように！　（ガイが飲むのを待つ。ガイがほほ笑み待っているのを見て、グラスを飲み干す）もう一杯飲めば、僕は元に戻ると思います！

ガイ　（口をつけていない自分のグラスを差し出しながら）じゃあ、これを飲みたまえ！

ラウンド　（気が進まない様子で）あなたのワインをですか？　あなたが飲んでください！（ガイが飲み、またラウンドに注ぐ。そしてまたラウンドの勧めで、自分のグラスに注ぐ。グラスを手に、彼らはお互いを見る。ワインが頭に上り始めたように、とうとうラウンドが突然切り出す）僕はおもちゃ屋なんかではありません！

ガイ　（仰天して）僕は君を誰と間違えたのだろう？

ラウンド　（さらに言おうとして）いや、僕は行商人でもありません！（親しみを込めて、愛想よく）本当に僕は行商人なんかではありません。

ガイ　（ぼんやりと、しかしやはり面白がって）では君は一体どなたですか？

ラウンド　ジョージ・ポーター・ラウンド、王立海軍の大尉です！　あの徳高い女性の近い親戚、いや哀れな親類です！

ガイ　（当惑し、信じられず）しかし彼女が結婚しようとする男に君を紹介しなかった者など誰がいたでしょうか？
ラウンド　彼女の母親の酒が紹介したのです。
ガイ　（まだ疑い、いっそう驚いて）酒のせいにしてはいけないよ。グラスに注ぎすぎたせいにしてはいけない！
ラウンド　だれのグラスが注ぎすぎたのです？　あなたのグラスではありません。グラスには何もありません。僕のグラスでもありません。グラスにはほとんどありません！　その反対に、すべてを酒に任せるのです！　（ますます酔っていくという様子を見せて）酒は何にでもふさわしい。あの若い女性のように良い酒、老いた女性よりずっと良い酒は！
ガイ　（この件がもっと深刻だと思い始めているように）ではあなたはどういうご関係でいらっしゃるのですか？
ラウンド　土の中のミミズと関係しています！　つまり古いミミズと、という意味

H. V. エズモンド（ジョージ・ラウンド）（左）
とジョージ・アレグザンダー（ガイ・ドンヴィル）

です！

ガイ　（神経質に笑いながら）僕は若いミミズとのご関係を聞いているのですが！

ラウンド　いとこの関係です。哀れなブレイジャー氏の甥です。哀れなブレイジャー氏を覚えておられますか？

ガイ　（少しして、しかし微笑みながら）ブレイジャー氏のことも覚えていませんし、ブレイジャー氏の甥のことも知りません！

ラウンド　僕をそう記憶してください。そうすればお分かりになりますよ！（グラスを手にしたガイがますます困惑し、飲むのをためらっているのを見て）哀れな親戚とは飲まれないおつもりですか？

ガイ　（この口調に打たれたかのように）君が喜んでくれるなら、僕は飲むよ。（グラスを飲み干す）

ラウンド　僕にとってこれほど嬉しいことはありません！　また注いでください！

ガイ　（また神経質に笑いながら）自分が君ほどしらふじゃないように思いますが！

ラウンド　（完全に酔ったふりをしながら）僕はもう正気じゃありません。土の中のミミズです！　あなたのような位の人は怖れることはありますか？

ガイ　君のことは怖れません！

ラウンド　ではまた注いでください。（執拗に、説得するように）婚礼の日には自由であるべきです。

ガイ　（少しして）自由になりましょう！　（また飲み干す）

ラウンド　（内緒話をするように）老夫人は僕を愛していません、少しも！　若い女性が決して僕のことを言わないのはそれが理由です！　僕のことを恥じでもいます！　飲み続けてください！

ガイ　（少し飲んで丁寧に応じた後で）君のことをもっと早く聞いていればよかった。

ラウンド　改めるに遅すぎることとなしですよ！　でも彼女には感じる心がありま

す。ありがたいことに。

ガイ　ブレイジャーさんですか？　まったくありがたいです。

ラウンド　そう言ってくださってお礼を言います。僕は特別にあなたにお礼を言います。

ガイ　どうしてこれほど特別なのですか？

ラウンド　ああ、あなたのプライドが高すぎなければお分かりになるでしょう。（飲み続けるようにガイに手ぶりで示しながら）さあ、プライドを低くしてください。僕に会わない時のあなたは誇り高いですから。（ワインの容器をもう一瓶取りにテーブルに行きながら）

ガイ　彼はどんな罠に餌を仕掛けているのだろう？　捕まってしまいそうだ。

ラウンド　（愚かしく機嫌を取って）一度でいいですからお相手してください！[7]

ガイ　（しばらくし、ラウンドの意図についての疑念がかなり強まって）ではお相手しましょう！　あなたがどなたか分かりました。

ラウンド　（ワインの容器を持って近づき、ガイに注ぐ。ガイは態度を変え、素直にそれを歓迎する。）あなたの婚礼の日を祝して注ぎました。

ガイ　君は注いでくださいました。でも君は酔っていませんよね！　君に手本をお見せしましょう！　（ぐっと飲む。）

ラウンド　（やはり飲まずに）ワインをどう思われますか？

ガイ　五杯目を飲むまで判断はできません！　僕たちに会うために船を降りられたのですね？

ラウンド　先週降りました。三か月の航海でした。

ガイ　三か月の航海とは（ぼんやりと計算しながら）、僕が外に出ていたのと同じだ！　波のなすがままにされるには辛い期間ですね！

ラウンド　（笑いながら）それは海に出たことのない人のご意見です！

ガイ　僕は今のこのめでたい時に海で迷っている思いです。人生でこれほど迷ったことはありません！　三か月の間にいろいろなことが起こるでしょう。必死で走らなければならないでしょう。僕はすでに必死で走りました。世界中をです！　僕の舟のような小舟で世界を回られたことはおありですか？（ラウンドが笑ったのにつられて笑いながら）僕は小舟に人生を委ねました。舟の中でももっとも奇妙な舟に。風が吹いてきたようです。僕の舟は持ちこたえると思いますか？　この夏、僕は君のように船出した。しかしまだ港に入っていません。

ラウンド　（大笑いしながら）まだ港に入っておられないとしても、ブルゴーニュのワインの港には入られたでしょう。船の操り方にはご注意ください！

ガイ　航海の命令は受けました。何とかの航海の。僕が言いたいのは、はっけんのたび、です！

ラウンド　（あたりを見回して）では、まだおっそろしくきれいな海岸に上がっておられないのでしょう！

ガイ　おっそろしくきれいな海岸。おっそろしくきれいな屋敷。おっそろしく上等なワイン。おっそろしく美しい女性たち。はっけんのたび！

ラウンド　（ガイがますます酔うのを見て、自分はますますしらふになりながら）僕自身は、怖ろしく立派な服を着た怖ろしく立派な紳士を発見しました！

ガイ　おっそろしくきれいなふく！　ふく、ふく、ふく！　僕の今夜のふくを、僕が今夜何とかいうところで踊るのを見てください。（そしてラウンドが断るのを怖れるかのように）キングズ・ネイビー[8]を着て踊るなですって？　ダンスを教えてあげましょう！（ますます酔ったふりをして）五杯目です。さあ判断しましょう！　良い判断をね。（大笑いして）その調子です、おもちゃ屋さん！

ラウンド　お分かりのように、僕の訪問の眼目は、僕が絶対おもちゃ屋ではないということです！

ガイ　ではあの小さな箱は一体何なんです？

ラウンド　あの小箱は花嫁へのちょっとしたプレゼントです。

ガイ　花婿のためではなかったと？

ラウンド　（自分の計画の成功を喜んでガイに注ぎながら）花婿への最良のプレゼントはワインをもう一杯たっぷり差し上げることです！

ガイ　（愚かしく従いながら）六杯目です。ひどい判断です。どうしてそんなに沢山飲まれるのです？（グラスを持ち上げて）旧友の健康を祝して！（馬鹿げた友好のために手を上げて）辛い時には旧友との握手に勝る慰めはない。（ラウンドが本能的に手を取るのをためらうのを見て）僕たちは旧友じゃないのかい？　僕たちは貧しい親類じゃないのかい？　僕は誇りを振り払うほどだたっぷり飲んだぞ！

ラウンド　じゃあ僕は、残酷ないとこに乾杯しよう！

ガイ　（グラスを持ち上げたまま）ドンヴィル夫人の健康を祝して、かい？

ラウンド　それはないよ。お嬢さんの健康を祝してさ！

ガイ　（突然、酔って気まぐれに短気になり）こんな日に僕に「お嬢さん」をくれなくて感謝するよ！

（メアリー登場）

ラウンド　（上機嫌で）可愛らしい若い女性という意味です！

ガイ　（突然気分が和らいだように）僕も可愛らしい若い女性という意味で言っています。可愛らしい若い女性の健康を祝して。彼女がやってきました。可愛らしい若い女性が！　あなたの親類であり、このごろでは僕の親類である、つまり僕たちの親類である人が。飲み続けよう！

ラウンド　お嬢さん、さあ、ありのままの彼の姿です。

ガイ　八杯目だ。もう判断力は失せた！

ラウンド　こんなに品なく酔って、彼の下品さは職業にそぐわない。

ガイ　僕は自由になる、婚礼の日に自由になるんだ。

ラウンド　さあ、僕と一緒に逃げよう。

メアリー　できませんわ！

ラウンド　彼を愛しておられるのですね、やはり？

メアリー　いえいえ、そうではありません！

ガイ　はっけんのたび！　（ガイ退場）

ラウンド　ああ愛しい人、あなたが今夜結婚するのは僕なのです！[9]

メアリー　（痛ましく動揺し、心が揺れて）デヴニッシュ卿にもう一度お会いするまで、どうして私にそんなことができますでしょうか？　日曜日に卿は、私には卿の命を救うことができると恐ろしい声で仰いました。母が卿と結婚することを約束したのです！　借金と苦しみに押しつぶされそうな卿には、その途があるのです。しかし私がドンヴィル夫人になってはじめて、母は卿の妻になるのです！

ラウンド　あなたはお母様がドンヴィル家をとても大事に思っておられると、よく私に仰ってきましたが、あなたが何を大事に思っておられるか決して仰いませんでした！

メアリー　私には大事に思うものは何もありません。でも私は、卿のお話をお聞きする何か特別な義務があるように感じました。卿が両の膝をつかれてお話を始められた時、私の心を打ったものが何だったのか、私にはよく分かりません！

卿が望まれるようにします、と言おうと私は思いました。それでいてあなたと逃げようと思いました。いずれドンヴィル様は真実をお祭しになるだろうと、私を解放してくださるだろうと信じておりました。でも今は、デヴニッシュ卿にお会いしなければなりません！

ラウンド ドンヴィル氏はあなたのお金に執着しています！

メアリー あの方があんなに私に優しくしてくださるのに、そんなことは仰ってはなりません！

ラウンド たとえお金に執着していなくても、彼は真実を知るだけであなたを諦めるでしょう。

メアリー もし私がお教えすれば、あの方は真実をお知りになるだけです！

ラウンド では彼に仰ってください。今すぐ仰ってください。もし仰らなければ、あなたのお心は僕に偽っておられるのです！

メアリー　偽ってはおりませんが、残酷にも引き裂かれております。私には卿に対する義務があるのではないでしょうか？　長年のご配慮に対して卿に報いる義務が。

ラウンド　あなたが犠牲となるような義務などありません。卿には、ほんのちょっとでもあなたの義務を要求する資格などないのです！　(一瞬ためらった後で)この前お別れした時には知らなかったことを、今日僕は知っています。どうやら他のすべての人は知っているらしいことです。ロンドンのお茶の席より船の食堂で食べていることが多かったのでなければ、愚かにも知る機会がなかったなどということにはならなかったことです。あなたがご存じない間にユダヤ人やばくち打ちと取り引きしようとしている男は……。

メアリー　(恐怖で大声を上げながら)まあ、私に何を仰ろうとしているのでしょう？

ラウンド　僕と一緒にこの屋敷を出てくださいますか？

メアリー　最悪のことを教えてくださるまではだめです！
ラウンド　お嬢さん、デヴニッシュ卿はあなたの父親です。
メアリー　（恐怖に打ちのめされて）私の父ですって！
ラウンド　（ガイを見て）しっ、お静かに！
（ガイ再登場。第一幕と第二幕の間と同じほど、第二幕のはじめから変わっている）
ガイ　（興奮して厳しい口調で）僕たちの時間は貴重です。君はこの女性を慕っていますね！
ラウンド　僕の保護の元に身をお任せください、とお願いしているところです。
ガイ　お嬢さん、あなたは不幸であるとしても、危険に晒されてはおられません！

メアリー　あなたが騙されておられたとしても、最初に騙したのは私ではありません。

ラウンド　ブレイジャーさんは最初からひどく強制されて演じておられました！

メアリー　（ラウンドに）私からガイ様に話させていただけませんか？

ラウンド　ああ、もし手早くお話しになるなら！

メアリー　（ガイに）彼を守ってくださいますか？　保護していただけますか？

ガイ　あなたは僕に奇妙なお願いをされますね！　しかしまだ彼との話が終わっていないと思いますので、やはり彼を保護しましょう。いずれにしても僕はあなたに従います。

メアリー　（ラウンドに）私をこの方と二人にしてください！

ガイ　ちょっと、ひとこと言わせてください！　たった今、君は僕に妙なことを試みましたね。

ラウンド　そしてはじめにあなたは、僕に対してどんなことを試みられたのですか？

ガイ　それこそまさに僕たちがこれから明らかにすることです。

メアリー　（はっとして）母の馬車です。戻ってきました！

ラウンド　僕がドンヴィル夫人にご対面することを望まれますか？

メアリー　（ガイに）母が中に入ってくるのを何とか防いでいただけませんか？

ガイ　（強い口調で）あなたはこの紳士を愛しておられるのですね？

メアリー　彼を愛しています。

ガイ　では僕はもっと良いことをしましょう。そこへ入っていただけませんか？

ラウンド　僕がですか？

メアリー　ドンヴィル様のお部屋です。

ガイ　三つ続きのきれいな部屋です。ドンヴィル夫人が優しくも使わせてくださっています。

ラウンド　感謝します。

ガイ　（ドアを閉めて）僕こそ君に感謝します！　（ラウンド退場）[10] どのような怖ろしい驚きに僕は晒されているのでしょうか？　分かりました。でもまだ半分しか分かりません。だから君にここにいてもらったのです。こんなに怖ろしく驚かされ、別の機会がなくなる前に、真実を知ることができるように。

メアリー　では私たちの婚約は、母とデヴニッシュ卿の取り決めだったのですね！　もしあなたが私と結婚されれば、母は卿と結婚することになっていたと。卿はまったく窮しておられ、どこに頼ったらいいかお分かりになりません。

ガイ　そしてあなたのお母様はお金持ちでいらっしゃる。そして僕は貧しかったと？

メアリー　あなたは偉大な家名をお持ちでした。母はそれにしがみついているのです。

ガイ　もし卿が僕を捕まえたら、彼は借金を肩代わりしてもらえるわけですね？

メアリー　たっぷりと！　デヴニッシュ卿はあなたを捕まえたのです！

ガイ　ハンカチの中の目の見えないコウモリのように。一方僕は、なぜ卿が追いかけるのが好きなのだろうと不思議に思っていました！

メアリー　こうしたことがあなたには伏せられていました。そしてそれらはたった今私に明らかになったのです。

ガイ　偽りのように伏せられていました！　不名誉のように伏せられていました！　僕は実に易々と信じました。僕は誘惑されました。あなたは僕に差し出された、僕に押し付けられた。そしてあなたは美しかった。あなたは嘘とともに、賄賂とともに僕に与えられたのです！　あなたが自由であると、幸せであると、彼らは明言しました。あなたの従順さも僕を誤り導きました。話すだけでよい時にも、あなたは黙っておられましたから。

メアリー　私は黙っておりました。でも続けておりました。時間を稼いでいると思ったのです。つまりあなたがお分かりになるまでの時間をです。でもあなたはあまりにも幻惑されておられました。

ガイ　僕は人生に幻惑されていました！
メアリー　あなたは人生がどういうものかをお知りになりました。
ガイ　そうです、その一部を。あなたにとって僕は取るに足りないものだったのに、どうしてあなたは僕をがっかりさせることを心配されたのでしょうか？
メアリー　あなたをがっかりさせることをではありません。卿をがっかりさせることをです。
ガイ　デヴ・ニ・ッ・シ・ュ・卿・な・ど・あなたには何でもありません。
メアリー　卿は私の父親なのです。
ガイ　（仰天して）あなたのお父様ですって？
メアリー　私もその時は知りませんでした。ほんの少し前に分かったのです。これで様々な奇妙な事がはっきりしました。卿の訴えの強さがです。その訴えは、愛情を犠牲にせよと私に叫ぶ声のようでした。私も試みましたが、私の力は及びませんでした。

ガイ　あなたは僕の愚かさに、僕の狂気に対して支払われた、他の人々の悪徳に対して支払われた！　そして今僕たちは一緒に支払うのです！

メアリー　（決然と）私たちは十分支払いました。私たちは自由です！

ガイ　僕はまだ払っていません、あなたにおかけした迷惑の代価を。（不思議そうに、思い出しながら）卿があなたのお父様ですって？

メアリー　（ラウンドが隠れている部屋を指しながら）それは彼からもたらさねばならなかったのです！　それはすべての過去を混乱させています。

ガイ　そしてそれはあなたのお母様をどうするのでしょう？

メアリー　母を許させるのです！

ガイ　神よ我々すべてを憐れみたまえ！　あなたにこれほどひどいことをした僕を、あなたはどうして許すことができるでしょう？

メアリー　あなたはすでに許されています！
ガイ　僕を許すよう彼にお願いしてください。彼は僕を決して傷つけたりしませんでした。しかしほとんど僕が彼を傷つけました。なぜなら僕は、他人への害に基づく妄想に惑わされていたからです。僕がここへ連れてこられたのは、その妄想をひけらかすためでした。しかしそれも終わりました。さようなら。
メアリー　さようなら。
ガイ　しかし行くとしても、どうして僕はあなたを彼らの元に残してなどおけましょうか？
メアリー　まあ、私が彼らに会うことのないようにしてください！
ガイ　むしろ、あなたが愛する人にあなたをお任せしましょうか？
メアリー　彼にお任せください！
ガイ　では、あそこで彼と一緒にいてください。川へ出る扉の鍵をお渡しします。

メアリー　幸い彼は舟を持っています。（中央奥から「ガイ、ガイ」と呼ぶデヴニッシュ卿の声）

ガイ　（窓から戻ってきて）デヴニッシュ卿です。急いで！

メアリー　（不安そうに）でもあなたは？

ガイ　僕ですか？　僕は卿のお相手をしましょう！　（苦々しく笑いながら）それが僕にふさわしいのです！

メアリー　（ガイの手を唇に当てながら）あなたには神様が同じようにしてくださいます！

（メアリー退場）

（デヴニッシュ卿再登場）

デヴニッシュ卿　牧師は礼服を着ていますが、おいおい君は着ていませんね！

ガイ　僕は今までここでメアリーと一緒にいました。誓って言いますが、彼女をしっかり引き付け《エンゲイジ》ていました！

デヴニッシュ卿　（笑いながら）君が婚約《エンゲイジ》するやり方は分かっています！　たくさんのお客様が、それも気品ある方々が来られるでしょう。私はリストを作りました。

ガイ　しかし、あなたほど気品のある人はおられません！

デヴニッシュ卿　私は品のある男だということかな？

ガイ　公爵夫人のような香りがします！　芳香の雲に差す光の輝きです！

デヴニッシュ卿　私は人を惑わすと？　私は上品な香りが好きです！　（手袋を差し出して）これを鼻にかざしてください！

ガイ　（匂いを嗅ぎながら）僕の鼻は喜んでいます！　（手袋を見ながら）フランス製

ですね、お大尽？　指の先まで！　そして縫い目はすべて銀です！

デヴニッシュ卿　パリからの直送品です。人を引き立てます！　はめてみなさい。

ガイ　（当惑して）はめてみろと？

デヴニッシュ卿　花嫁の手を取って導くためにはめるのです。私は君に何もあげていない。

ガイ　あなたは僕にあまりにも多くのものをくださった！

デヴニッシュ卿　そうだね、お気に召すといいが！　しかし君はやはり見栄えが良くなければならない。

ガイ　（笑いながら）その点に関しては僕なりに考えていました！

デヴニッシュ卿　では急いで着替えてください！

ガイ　着替えます！　（退場）

デヴニッシュ卿　まだ半分は修道士だな！　（その後笑いながら）しかし明日は

……！（ドンヴィル夫人再登場。箱を持った服屋の娘二人が続く）ああ、少なくともあなたのご準備は整ったようですね！

ドンヴィル夫人　メアリーはここにいますか？

デヴニッシュ卿　ほんの先ほどまでいました。

ドンヴィル夫人　私はこの娘たちとメアリーの部屋へ行っていました。

デヴニッシュ卿　ガイは着替えています。二人を揃わせましょう！

ドンヴィル夫人　まず花嫁の方を、そして少なくとも従僕一人を！

デヴニッシュ卿　従僕たちも着替えています。白い贈り物を作っています。

ドンヴィル夫人　彼らには華やかにするように命じました、でも聞く耳を持たなくなるようにとは言っていません！

デヴニッシュ卿　下の連中は皆床屋にいます！

ドンヴィル夫人　（大声で）メアリー、メアリー！　おてんばさん！

デヴニッシュ卿　（呼び寄せるように）メアリー！　メアリー！
ドンヴィル夫人　娘は中にいるのでしょうか？
デヴニッシュ卿　ガイと？　見てきましょう。

（ドンヴィル夫人、ガイの部屋に退場。ノックの音と、「いとこのガイさん！　ガイさん！　娘や！　メアリーや！」と呼ぶ声が聞こえる。デヴニッシュ卿、舞台に一人。従僕登場）

デヴニッシュ卿　お前は奥から来たな。メアリー嬢はそこにいるか？
従僕　殿、私は水路を渡って来ました。ブレイジャー嬢は屋敷を発たれました。
デヴニッシュ卿　屋敷を発ち、どこへ？
従僕　言わないように一ギニーいただきました。

デヴニッシュ卿　ではもう一ギニー受け取り、義務を果たせ。
従僕　それでは義務として申し上げます。お嬢様は大きな舟で行かれました。紳士が一人お嬢様にぴったりと寄り添い、三人の漕ぎ手がこいでいます。
デヴニッシュ卿　軍艦の舟だ。ごろつき、蛇め！

（ドンヴィル夫人登場）

ドンヴィル夫人　彼は閉じこもっています。返事をしようとしません。
デヴニッシュ卿　この良からぬ若者は十分な返事をしました。あのお転婆娘は、約束をしていたごろつきと、折よくここに着いたあのならず者と駆け落ちしました。
ドンヴィル夫人　それでお前は、それを見ていて何の警鐘も鳴らさなかった！

従僕　奥様、私はドンヴィル様がご覧になっていたものを見ていただけです。ドンヴィル様はテラスから帽子を振っておられました。
デヴニッシュ卿　あの裏切り者のドンヴィルが二人を助けたのだ。
ドンヴィル夫人　二人を追いかけなさい。叫び声を上げなさい！
デヴニッシュ卿　早く行け！　馬が盗まれている。もう手遅れだ。彼らが出会った時から、我々は騙されていたのだ。行かせてやりなさい！
ドンヴィル夫人　（ぞっとして）結婚しに行かせるのですか？
デヴニッシュ卿　地獄に落ちに行かせるのです。我々にはまだガイがいます！　彼は最高のドンヴィルです！　彼にはまだ世継ぎがもうけられます。
ドンヴィル夫人　彼には儲けられますが、私にはもうけられません！
デヴニッシュ卿　あなたの体からはもうけられませんが、誓いからはもうけられます。ガイはメアリーを愛してなどいませんでした！

ドンヴィル夫人　それはますます彼の恥です。
デヴニッシュ卿　彼はペヴァレル夫人を愛しています。
ドンヴィル夫人　（ひどく苛立って）どうやらあなたもですわね。夫人についてのお話の仕方からすると。
デヴニッシュ卿　私が夫人について語っているとしたら、それは我々の契約がまだ有効だからです。
ドンヴィル夫人　あなたがご自分の仕事をしていないのに、どうして契約が有効なのでしょう？
デヴニッシュ卿　私の仕事はメアリーを捕まえておくことではなく、ガイを捕まえておくことだったのです！　我々は彼をしっかり捕まえています、ポーチーズのあのすばらしい女性を通して。私がそれを示さないとしたら、それでもあなたを喜ばせないとしたら……。

ドンヴィル夫人　（彼の口から言葉を取って）その時は私があなたを嫌いになるかもしれないと？　確かにそうなるでしょう！

デヴニッシュ卿　しかし、その前にではありませんように！　ペヴァレル夫人は捕まえておくことができます。もし我々が早めに行動すれば。今のこの瞬間から、ペヴァレル夫人はガイが見つめる唯一の女性なのです。夫人が我々の敗北を償ってくれるでしょう。

ドンヴィル夫人　（息もつけず）あなたはどこへ行かれるのです？

デヴニッシュ卿　ふたたびポーチーズへ。夫人が隣人と結婚していないことを見るために。（自分の考えに得意になり、自信満々に）あなたはご自分の隣人と結婚されるでしょう！　（大急ぎで退場）

ドンヴィル夫人　そうすると思います、彼が私に用がなくなる前に！　（それからガイを見て）まあ！　（質素な服を着てガイ・ドンヴィル再登場）一体あなたは何をされたのでしょうか？

ガイ　奥様、僕は正しいことをしたと思います。二人を見送りました。

ドンヴィル夫人　彼らの途は立派な途です！

ガイ　僕の辿ってきた途より立派だと思います。あなたの辿られた途よりも立派だと僕は思います！

ドンヴィル夫人　（狼狽して）私の途ですって？

ガイ　あなたの途です。

ドンヴィル夫人　（理解し、たじろいで）では娘は……知っている？

ガイ　お嬢様はご存知です。彼女は僕にも教えてくださいました。僕がお嬢様の手助けをしたのです。さようなら！

ドンヴィル夫人　（苦しみながら、この上ない訴えの声で）従弟のガイ！

ガイ　（容赦なく）さようなら！

ドンヴィル夫人　どこへ行かれるのです？
ガイ　僕は戻ります！（退場）

第三幕

ポーチーズの白の間《ホワイト・パーラー》。上手に玄関の広間からの扉。下手に書庫へ続く扉。ペヴァレル夫人が暖炉の横に座っている。手紙を盆に乗せ、玄関からファニー登場。

ファニー　奥様、お手紙です。（そしてペヴァレル夫人が火を見つめて答えないので）奥様、お手紙です。

ペヴァレル夫人　（とうとうハッとし、激しく）手紙ですって？（手紙を見て、落胆し、興味をなくし、開けもせず放り投げる）ああ！

ファニー　そして丸一シリングのお支払いです、奥様。（そしてペヴァレル夫人がふたたび夢想に陥るのを見て）奥様、彼は一シリングしか受け取りません。

ペヴァレル夫人　（ぼんやりと目を覚まして）一シリングですって？
ファニー　（手紙を拾い上げて）床に置かれた手紙に支払うには大金です！
ペヴァレル夫人　彼に一シリングを渡して、おしゃべりをやめてちょうだい！
ファニー　でもそのお金をどこで見つけたらよいのでしょう、奥様？
ペヴァレル夫人　私のお金で、お金があるところで。
ファニー　でもこのごろの退屈な毎日では、どこに奥様の「お金」があるのでしょうか？　（そして化粧台の上に硬貨を見つけて）ここにありましたわ。
ペヴァレル夫人　ではそれを彼に渡しなさい！
ファニー　（驚いて）全部をですか？
ペヴァレル夫人　（いらいらと退屈した動きで、ファニーから硬貨を受け取る。それから硬貨を見もしないで）さあ、支払いです。行きなさい！
ファニー　（仰天して）まあ、それは半クラウン硬貨ですよ！

ペヴァレル夫人　気がつきませんでした！

ファニー　このごろでは奥様が「お気づき」になることはほとんどありませんわ！

ペヴァレル夫人　私が気づかなければならないことが一つあります！（飾り棚にある本を指しながら）あの本はラテン語ですか？

ファニー　まあまあ、奥様、どうして私に分るでしょう？（ほとんど畏敬の念で本を手渡しながら）「ラテン語」がお好きになられたのですか、奥様？

ペヴァレル夫人　息子の勉強のために。本を取りに来るように息子に言ってください。

ファニー　私が申したのでは、坊ちゃまは来ようとなされないでしょう、奥様。

ペヴァレル夫人　（がっかりして本を投げ捨てながら）そして私が言っても息子は来ないでしょう！

ファニー　紳士に会われる時にだけ、坊ちゃまは来られるでしょう。

ペヴァレル夫人　（思いに耽りながら）息子はもっと強い手を感じなければならない

のです！

ファニー　ドンヴィル様の手のような手ですね！

ペヴァレル夫人　「のような手」など他にありません！　ドンヴィル様のお手はあれほど強く、でもドンヴィル様のお手はあれほど軽いものでした。

ファニー　（硬貨を裏返しながら、エプロンのポケットを満足げに見下ろして）ドンヴィル様はあれほど自由でした！

ペヴァレル夫人　（苦々しい思いを潜ませて）ああ、今は「自由」ではありません！

ファニー　彼がお金を失われたと仰るのですか？

ペヴァレル夫人　（そっけなく）彼はお金を儲けられました。ご結婚によって。

ファニー　まあ、奥様、彼は結婚されたのですか？

ペヴァレル夫人　今日の今頃には。

ファニー　そして彼は神父様のように！

ペヴァレル夫人　彼はまったく同じではありません。一度もそうではありませんでした！
ファニー　そうですわね、もしドンヴィル様がここにおられたら、バイオリン弾きにもお金を払われたでしょう。ご結婚を祝して私たち皆を躍らせるために！
ペヴァレル夫人　彼はもう二度とここへ来られないでしょう！
ファニー　（悲しげに、残念そうに）紳士は他にまったく来られないのですか？（即座に）つまりラテン語の先生として！
ペヴァレル夫人　他の先生を探しましょう。きっとおられますわ。
ファニー　（そつなく）きっとそういう方々はなかなか来てくださいませんわね！
ペヴァレル夫人　（弱々しい溜息とともに）特に探さない場合は！
ファニー　（沈黙の後に、慎重に）ハンバー様は、奥様、ラテン語をご存知でしょうか？

ペヴァレル夫人　ハンバー様が何をご存知か、私はまったく知りません！

ファニー　奥様、私は一つのことを知っています。ハンバー様はジョージ様が自分のことを大好きであると知っておられます。

ペヴァレル夫人　もしジョージが大好きなら、彼はひどく移り気です！　ジョージの愛情は移りやすいのですわ！

ファニー　ハンバー様の愛情は移りやすくはありませんわ。奥様、ハンバー様は一途です。

ペヴァレル夫人　（苛立ちとつむじ曲がりが突然嵩じて）ではなぜ彼は何週間もここへ来られないのでしょう？

ファニー　（窓辺で、驚いて）まあ、奥様、あの方が今来られましたわ！　馬車の扉のところにおられます！

ペヴァレル夫人　（一層気まぐれに、決然と）では彼は馬車から出てはなりません！

ファニー　彼は出られました。入ってこられます。

ペヴァレル夫人　彼には会いません。（ファニーを追い払い、去ろうとして）彼に会い、留め、追い払ってちょうだい！　（ファニー退場）彼には会いません！　（一瞬後）会えません！　（また一瞬後）会うべきではありません！

（ファニー再登場。息を切らせて）

ファニー　もう階段のところまで来られました！

ペヴァレル夫人　では身ぎれいにしなくては！　（急いで書庫へ退場）

（フランク・ハンバー登場）

ファニー　奥様は書庫におられます。まもなく来られるでしょう。
フランク　ありがとう、ファニー。ポーチーズの明るいニュースは何ですか？
ファニー　ポーチーズには、明るいニュースも暗いニュースもありませんわ。しかしリッチモンドでは素晴らしいニュースがあります。ドンヴィル様が今日ご結婚されます！（玄関へ退場）
フランク　（ただちに心打たれて）今日だって？　それ・・・が僕の助けになるだろうか？何も僕の助けにはならない！（ペヴァレル夫人再登場）僕の訪問の動機をいぶかっておられるに違いありません。
ペヴァレル夫人　あなたが二度と戻ってこられないとは、私は決して願ってはいませんでした。
フランク　かつてはそれが僕の願いでした。少なくともそれが僕の目的でした。
ペヴァレル夫人　（優しく）あなたがそのような絶望的なご気分から回復されて、うれしいですわ。

フランク　それが気分だったとしたら、その気分はまだ続いております。僕がお話ししている目的は大きくなりました。

ペヴァレル夫人　ではあなたのご訪問はたしかに変ですわ！

フランク　「変」より悪いです。惨めです！　しかし僕は奥様に印象を与えるふりをすることをやめました！

ペヴァレル夫人　あなたは私を痛ましい立場に置かれています。あなたがこれほどお変わりになったのを見て私が残念に思っていることを、私はほとんどお見せすることができないのですから。

フランク　奥様が残念に思ってくださっていることを、僕は疑っていません。僕たちの間には悲しみ以外ありえないのですから。僕はここを離れます。

ペヴァレル夫人　（驚いて）どこへ行かれるのですか？　何のために？

フランク　地の果てへです。そしてあらゆることのためにです！
ペヴァレル夫人　（心配して）長い間ですか？
フランク　永遠にです！
ペヴァレル夫人　（驚愕し、同情しつつ諫めるように）でもあなたのご領地は？　お屋敷は？
フランク　「屋敷」が僕に何の用があるでしょう、空っぽで不毛な屋敷が？　結局僕たちは隣人です、僕が出かけるまでは。だから僕は奥様にお別れを申し上げにきました。
ペヴァレル夫人　旅行に行かれるのですか？
フランク　さまよいに行きます。
ペヴァレル夫人　それでどなたと行かれるのですか？
フランク　一人で行きます。

ペヴァレル夫人　お一人で見知らぬ土地へ、お一人で流浪の旅に？
フランク　ここに一人でいるよりましです。あなたの近くにいて、しかし別々で！
ペヴァレル夫人　では出かけなければならないのは私の方だと思います！
フランク　（驚いて、希望を持ち）あなたがお出かけになるなら、僕は付いていきます！
ペヴァレル夫人　では私はここにとどまります！　（悲しそうに微笑みながら）私はあなたに付いてはいきません！
フランク　ご長寿をお祈りいたします、この静かなところで！
ペヴァレル夫人　あなたのことはきっと思い出すでしょう。とても寂しく思うでしょう。私には多くの友人はおりません。多くの気晴らしがある生活は送っておりません。ここは空っぽの場所に思えることでしょう。
フランク　思い出の品があるわけではありませんが、あなたが最近被られた喪失を思い出しますと、なおさらですね。

ペヴァレル夫人　ためらうことなくそのことは話題にできますので。ドンヴィル様は支えでした。取り上げられましたが。今日何が行われるかご存知ですか？

フランク　（時計をちらりと見て）それはもう終わりましたか？

ペヴァレル夫人　終わりました。ドンヴィル様が末永くお幸せになられますように！

フランク　彼に平和と繁栄をお祈りします！　繁栄とはたくさんの子供のことです！　たくさんの素晴らしい子孫を！

ペヴァレル夫人　（突然、無関係に）あなたの美しいお屋敷は閉められるのですか？

フランク　……あなたにはいつも開いています。祖母のたくさんの本があります。十巻の古い小説とか。気晴らしが必要な時は、『グラン・キュルス』[11]を手に取ったり、広い庭の梨[12]を食べることができます。

ペヴァレル夫人　（率直に微笑みながら）子供と一緒に？　彼を殺したいのですか？……ここにも彼のための梨はありすぎますわ！

フランク　（嬉しくなって、笑いながら）彼はまだ今でも木に登りますか？

ペヴァレル夫人　そのうちに一緒に息子を引っぱり出しに行きましょう！　まず初めにどんな見知らぬところへ行かれますか？

フランク　（いらいらして）どこも同じように見知らぬ土地ですのに、そんなことが問題でしょうか？

ペヴァレル夫人　（突然の感情を覚えて）ハンバー様、こんな無謀な計画はお止めになってください！　あなたの土地や人々をお見捨てにならないで、あなたが愛する甘美で安全なものをお捨てにならないでください！

フランク　（希望と不安が新たに生まれ、予期せぬ震えとともに）あなたを諦めないでください、そう仰りたいのでしょうか？

ペヴァレル夫人　私が申し上げたいのは……（ためらいながら）私が申し上げたいのは……！

（ファニー再登場）

ファニー　（大声で告げながら）デヴニッシュ卿が来られました！

（デヴニッシュ卿登場）

デヴニッシュ卿　奥様、あなたがお一人でおられると期待して参りました。

ペヴァレル夫人　ハンバー様は遠くへ行かれるところです。彼は私にお別れを言いに来られました。

デヴニッシュ卿　そうですか、その感動的な儀式が終わられたら、私はペヴァレル夫人と半時間お話ししたいのですが。

フランク　（当惑し、怒りながら）その感動的な儀式は決して「終わり」ません！

デヴニッシュ卿　（狼狽することなく）しかし、今の場合に時間が非常に大事であることを鑑みて、ただちにペヴァレル夫人とお話ししたいのですが？

ペヴァレル夫人　ハンバー様はきっとお許しくださると思います、なぜなら（フランクに微笑みながら）彼はあなたほど急いでおられないはずですから！

フランク　（意味ありげに）ありがたいことに、奥様、僕はここへ来た時ほど今は急いでおりません！

デヴニッシュ卿　ハンバーさんがここを発たれることを仰っているなら、それはいいニュースです。

ペヴァレル夫人　（フランクに）もしお発ちにならねばならないなら……。

フランク　（不安そうに）もし発たねばならないなら？

ペヴァレル夫人　（微笑みながら）まずジョージを木から引っぱり降ろしてください！

フランク　（不満そうに、決然と）彼と一緒に木に登りましょう！　（退場）

デヴニッシュ卿　奥様、ドンヴィル君は自由です！　彼の素晴らしい結婚はなくなりました！

ペヴァレル夫人　（驚いて）何が起こったのですか？

デヴニッシュ卿　あらゆることが起こりました。そしてその上に、私はここへ来てあなたにお伝えしているのです。きっとドンヴィル君はここへ来ます。そしてあなたに彼を迎える準備をしていただくことが賢明だと私は判断しました。その素晴らしい目的のために、私がまずここへ来たのです。

ペヴァレル夫人　（不安そうに）彼もすぐに来られるのでしょうか？

デヴニッシュ卿　いや、私が思うに、向きを変え、足元を見て、この立派な縁組という高みから落ちたショックから回復するまでは、彼は来ないでしょう。正直に申しますと、奥様、彼はひどい扱いを受けたのです。

ペヴァレル夫人　（どきりとし、怒りをこめて）捨てられたのですか？　あの・・・・のような方が？

デヴニッシュ卿　もっとも陰険な策略によって！　あの若い女性はよこしまな女でした！

ペヴァレル夫人　きっとひどい人だったに違いありません！

デヴニッシュ卿　（明らかに少しひるみながら）彼女は悪党に惑わされたのです！　ドンヴィル君は非常に傷つきました。

ペヴァレル夫人　あの方に同情すると誓います！

デヴニッシュ卿　あなたが同情してくださるに違いないことを、彼は分かっています！

ペヴァレル夫人　そしてそれが彼がこちらへ来られる理由ですか？　彼に本当に優しくします！

デヴニッシュ卿　奥様、お優しく、しかししっかりと！　彼の心の向きに対してしっかりと。

ペヴァレル夫人　（心を打たれ、心配そうに）彼がふたたびあの気持ちを、と仰るのですね。

デヴニッシュ卿　彼が放棄したあの残酷な職のことですね？　その怖れがあったので、私はここへ参りました！　奥様、どうか彼がそうしないようにしてくださいさい！　彼にお会いになれば、その方法がお分かりになるでしょう。あなたは一層りりしくなった紳士に会われるでしょう。私が彼に教えた徳よりも一層徳高くなった紳士を！

ペヴァレル夫人　（大いに興味を惹かれ）きっと新しい様子をされているに違いありませんわ！

デヴニッシュ卿　奥様、一層立派に、一層高貴に！　そのような気品を法衣に閉じ込めるなんて……。

ペヴァレル夫人　嘆かわしい罪と言えるでしょう！　しかしただ落胆しているとした

ら、なぜ彼はこんな退屈な場所に来られるのでしょう?

デヴニッシュ卿　(打ち明ける絶好の機会を待っていたかのように、効果を大いに意図して)「なぜ」ですって、奥様? 彼があなたを愛しているからです! あなたを崇拝しているからです!

ペヴァレル夫人　(仰天し、困惑し) それでいて別の女性とあれほど結婚しようとされていた?

デヴニッシュ卿　ドンヴィル夫人に圧倒されていたのです! 彼は決してブレイジャー嬢を愛していなかったのです。

ペヴァレル夫人　(息をつめ、茫然として) 決して彼女を愛しておられなかった?

デヴニッシュ卿　彼は憤りを覚えていますが、喪失感はありません。そして彼は、あなたについて、ご子息の家庭教師として、教会の秘蔵っ子としてのみ彼を知っておられたあなたについて、彼にとって人間的な望みがささやかでもあるとは夢にも思っていませんでした。彼を救う方法は、その望みを彼に与えることです！　それこそ、奥様、私がお伝えしに来た真実です。自分の良心を満足させた今、私は引き下がります。西部をもう一度訪れるために。（誘うように、説得するように）あなたからの便りを聞くのに遠すぎないところにいます。

ペヴァレル夫人　あなたの意味されることを判断しますと、ドンヴィル様から便りを聞くのに、ですね。

デヴニッシュ卿　あなたの慎み深さに脱帽です！　しかしドンヴィル君は知らない方がいいのです……。

ペヴァレル夫人　あなた様の優しいご報告について？

デヴニッシュ卿　私の優しさを人に言わないでください。

ペヴァレル夫人　あなたが来られたことは、村の噂になるでしょう。

デヴニッシュ卿　村は黙っています。私の馬車は一マイルも離れたところにあります。
ペヴァレル夫人　あなたはそこまで歩いて戻られるのですか？
デヴニッシュ卿　（微笑み、上品に、成功を感じて、満足げに杖を振り回しながら）
　静かな野原を横切って！
ペヴァレル夫人　でもハンバー様があなたに会っています。
デヴニッシュ卿　ハンバー君は出かけるのではありませんか？
ペヴァレル夫人　（一瞬の間の後に）それは私には答えられません！
デヴニッシュ卿　（微笑みながら）それはあなたがもっともお答えできることだと思いますが！　彼に黙っているようにお願いしてください！
ペヴァレル夫人　（当惑し、考えながら）私がハンバー様にそうお願いするのはむずかしいです。
デヴニッシュ卿　（あたかも新しいもっと良い考えが浮かんだかのように）では彼を

私のところに寄こしてください！

（ファニーが軽食とワインの盆を持って登場し、テーブルの上に置く）

ペヴァレル夫人　彼を向かわせましょう！（ファニーに）どんなワインを持ってきましたか？

ファニー　一番良いワインです、奥様、そして他のワインも。

ペヴァレル夫人　（デヴニッシュ卿に微笑みながら）この方には「他のワイン」は差し上げないように！（退場）

ファニー　（ワインを注ぎながら）ドンヴィル様がこれをお好きでした！

デヴニッシュ卿　（ワインを味わった後で）今ではドンヴィル君はこれを好きではないだろう！

ファニー　ロンドンにはもっと良いワインがあると思います。

デヴニッシュ卿　（面白がって）ねえ君、ロンドンにはきれいな田舎娘ほど良いものはありません！

ファニー　（低くお辞儀をしながら）まあ、デヴニッシュ様！

デヴニッシュ卿　（すばやく）行きなさい！

（フランク・ハンバー再登場。ファニー退場）

フランク　あなたが僕にお会いしたいと？

デヴニッシュ卿　（二つ目のグラスに注ぎながら）君と一杯やろうと思って。（そして双方が意識して飲むふりをしながら）ドンヴィル君はペヴァレル夫人を愛しています！

フランク　（当惑して）他の女性と結婚しようとしている最中に？

デヴニッシュ卿　彼はその最中ではありません。そのことはなされていません。最後になって彼が冷淡になったのです。相手の若い女性はそれを察し、彼女が止めました！

フランク　（仰天して）そして彼は求婚を取り消したと？

デヴニッシュ卿　（用意周到に）彼女が取り消したのです！　彼は静かに引き下がりました。密かな思いを抱いて。

フランク　（少しして、冷たく、よそよそしく）そのような思いの対象は、確かにもっとも関わりがあるでしょうが……！

デヴニッシュ卿　その対象に、彼はこれまで決して本気で話していません！　ペヴァレル夫人が彼の言葉に耳を傾ける、と君は思いますか？

フランク　（素っ気なく）そのことについては何も分かりません。僕がどうやってあなたのお役に立てるのでしょう？

デヴニッシュ卿　（拒絶されたのを意識し、しかしやはり確信して）気高い役を演じることによってです。マレー神父を探し出すのは君にかかっています。（威厳をもって命じながら）ドンヴィル君は結婚しなければなりません！

フランク　（心打たれ、悲しそうに）ペヴァレル夫人と結婚しなければならないと？

デヴニッシュ卿　彼にはそうできると理解してください！

フランク　彼の理解を妨げているものは何ですか？

デヴニッシュ卿　（非常に的確に）もし君が何も知らないなら、私が君にお願いしている問題には答えられたことになる！

フランク　（深く悩み、考えながら）彼が夫人を愛している、ガイが？

デヴニッシュ卿　君は全然感じなかったのですか？

フランク　そんなことを考えもせず、夢にも思わず、僕が彼に頼んだ時、彼は僕のことを夫人に話してくれました。

デヴニッシュ卿 （決然と）では、もちろんそれが彼の妨げになっているのです！

フランク （まだ思い出し、理解しながら）自分が彼女を愛しているのに、僕のことを、哀れな僕のことを！

デヴニッシュ卿 ドンヴィル君は度量が大きかった！

フランク 彼は英雄のようでした！ 僕を信じてください、本当にそうでした。一つだけ方法があります！ 不在の話をするのではなく、不在を実行するのです。僕が去れば、彼はその理由が分かります！

デヴニッシュ卿 彼にその理由が分かるようにします！

（ペヴァレル夫人再登場）

ペヴァレル夫人　（息を切らせて）ドンヴィル様が！　彼の馬車が門を通りました。
フランク　（ひどく動揺して）そして僕は去っていない！
デヴニッシュ卿　（ひどく狼狽して）そしてなおさら私がここにいる！　（急いで上手に）奥様、さようなら。
ペヴァレル夫人　そちらの方はだめです。彼に会ってしまいます！
フランク　（ペヴァレル夫人に手を差し出し）さようなら！
ペヴァレル夫人　（彼の手を取り）彼にお別れを言うためにお待ちにならないのですか？
デヴニッシュ卿　（熱を込めて）ハンバー君、君はそうすべきだよ！　（そしてフランクが痛ましい諦めの仕草をする間に）では私はどこへ行ったらいいのでしょう？
ペヴァレル夫人　（不安げに、途方に暮れ）どこか他のところへ！

フランク （驚いて）あなたの訪問は内密に？

デヴニッシュ卿 （怒って）内密です！

フランク （面白そうに）彼の足はもう階段に！　ああ、やってきた！

ペヴァレル夫人 （下手の扉で、すばやく）お入りください！

（つま先立ちでデヴニッシュ卿退場）

フランク 書庫へ、出口のない？

ペヴァレル夫人 （悲しそうに）まったくありません！（それから最善を尽くして）私が彼を自由にしましょう！　お静かに！

（ガイ・ドンヴィル登場）

ガイ　（ペヴァレル夫人からフランクへと一瞬じっと見た後で）古い場所での古いトリックをお許しください。僕は昔来ていたように参りました。

ペヴァレル夫人　そして昔も歓迎しましたが、今も歓迎いたします！

ガイ　このように突然戻ってきましたが、昔のような歓迎には値しません。

ペヴァレル夫人　私たちはできる限りの歓迎をいたします。あなたがご滞在なさる準備もただちにさせていただきます。

ガイ　奥様、僕は泊めていただくために参ったのではありません……。

ペヴァレル夫人　（皮肉に）パン屋の二階以外のどこにも？

ガイ　僕は馬車を宿屋に行かせました。

ペヴァレル夫人　では戻しましょう！　（退場）

ガイ　（用心深く、非常に不安で）夫人は君の求婚を受け入れましたか？

フランク　彼女は僕を受け入れていません！

ガイ　僕は君の手助けをし、君のために弁じ、君のためにできる限りのことをした。だから僕が君に言いたいのは、彼女が僕にとって命より大切であること、僕が拘束されていなくて自由であること、僕が彼女にそれを伝えるために戻ってきたことです！

フランク　どのような意味で彼女が君にとって「大切」であるのか、僕には分かっています！

ガイ　（驚いて）君には分かっていると？

フランク　気をつけて！

（ペヴァレル夫人再登場）

ペヴァレル夫人　馬車を呼びにいかせました。

ガイ　（諦めて感謝し）では奥様の意のままに。（疑うことなくフランクに）君は出かけるのか？
フランク　（頑固に）僕は出かける！
ガイ　でもまた会えるね！
フランク　君は用心せねばならないだろう！　それもこの女性が君と別れるのにすぐにまた同意する場合だけだ。
ペヴァレル夫人　（微笑みながら）もっとも必要な同意はジョージの同意であることが明らかになると思います。
ガイ　（実に陽気に）そしてあの教則の犠牲者はお元気ですか？　彼は鬼教師を赦しに来ないのでしょうか？
ペヴァレル夫人　もしあなたがここに来られたのを知れば、すぐに来るでしょう。
ガイ　では彼に知らせていただけませんか？

フランク　僕がジョージに知らせましょう！
ペヴァレル夫人　（ためらい、当惑して）どうか、まだにしてください。何も仰らないでください！　彼がふざけて入ってきてほしくない理由があります！
ガイ　（フランクに）君が登る前に僕も追いつくよ。
フランク　（弱々しく自嘲して）僕はクッションに登るだけだ。
ガイ　君は乗ってきたのかい？
フランク　無力な太った未亡人のように、古い黄色の馬車に。
ガイ　（心配そうに）自分は病気だと言っているのか？
ペヴァレル夫人　（意味ありげに）彼は回復の仕方をご存知です！　（フランクに、もっと明るく）ジョージを静かにさせてください！　（何かを言おうとするところであるかのように、フランクは扉のところで一瞬彼女をじっと見る。しかし自分を抑え、素早く退場）あなたをここに留めておく必要はありません。

私たちは同じように話せます、どこでも。

ガイ 庭へ行きましょうか？

ペヴァレル夫人 （ためらって）子供がおりますわ！

ガイ （書庫を指して）ではあそこは？

ペヴァレル夫人 いえ、あそこはいっぱいです！

ガイ （すばやく理解し、優しく見回しながら）この懐かしい白の間《ホワイト・パーラー》は僕に愛想の良い顔を見せています！　お別れして以来、僕は夢で見ました。もっと華やかな場所で、僕は白の間にいなくて寂しく思いました。羽目板の壁は僕を包み込み、時計の音が僕を迎えてくれるようです。かすかな響きや、失くしてふたたび見つかったもので溢れています。冬の夜、僕たちはここで一緒に座っていましたね。

ペヴァレル夫人 （ガイの口調に支配され、魔法を破りたくないと思いながら）ではふたたびここに座りましょう！

ガイ 僕が戻ってきたのはこのためだったと思います！

ペヴァレル夫人 （微笑みながら）あなたの立派なご結婚の前夜に？

ガイ その前夜には翌日がありませんでした！

ペヴァレル夫人 あなたはひどい扱いをされたのですね！

ガイ 僕がもっとも信じたいと思った人からではありません。その人は誠実でした。しかし思うに、ポーチーズでは、ポーチーズを除いて、誠実な人は非常に少ないのです。

ペヴァレル夫人 ポーチーズでは、大したものではありませんが、私たちは誠実です！

ガイ それこそ僕の心が奥様に戻り、足がそれと競った理由です！ 最後に僕たちが一緒に世の中について話した時のことを覚えておられますか？

ペヴァレル夫人 あなたは世の中のことをひどく仰っていました！

ガイ もっと言うために戻ってきます、と僕は奥様に言いました。僕は世の中を見ました。そしてそれは答えてくれないのです！

ペヴァレル夫人　ご自分がご覧になったことを、私にお話ししてください。

ガイ　ああ、その多くを僕は忘れたいと思っています！

ペヴァレル夫人　あなたが忘れなければならないのは、あなたが苦しまれたことです。

ガイ　僕が忘れなければならないのは、僕がさまよったことです！　遠くにあった幸せの近くにあった幸せから！

ペヴァレル夫人　でも「近く」にあった幸せは、あなたが遠ざけられた生活です。

ガイ　近くにあった幸せは、僕が触ることのできない宝物でした！　その時は、その宝物は他人のものと思っていたのです。

ペヴァレル夫人　あなたには考えるべき立派なことがありすぎました。そしてそれらがあなたをどう変えたか、私には分かります。あなたは別のやり方でご自分を保っておられます。

ガイ　（微笑みながら）僕は自分の「家名」を背負おうとしています！

ペヴァレル夫人　（勝ち誇り、自分がどれほど正しかったを確かめるために）あなたは以前より上手にご家名を背負っておられる！

ガイ　そのために人々が僕を誉めたてます。しかし名前が良ければ良いほど、背負う男も良くなければなりません。

ペヴァレル夫人　義務が勝っている時以上には良くなれません。

ガイ　時々その義務は曇り、また輝くのです！　僕がここへうかがった時、それは僕の途を照らしました。そして今この時も僕の目には輝いています。しかしその輝きは、本当は奥様あなたの輝きであり、あなたの存在により輝きが増しているのです。僕が探したり見つけたりしたどんなものよりも素晴らしいのは、そのより清い情熱であり、この静かな隠れ家です！（そしてペヴァレル夫人の皮肉な動作を見る。）ああ、奥様、落ちついてください。（デヴニッシュ卿の白い手袋を見つけて衝撃を受けて）その手袋は取っておいてください！　前にも見たことがあります。触ったことがあります。（考え、思い出す。それから光が差して）リッチモンドだ！

ペヴァレル夫人　（ひどく落ち着きをなくし、途方に暮れて）デヴニッシュ卿が置いていかれました。

ガイ　（仰天して）彼はここへ来たのですか？

ペヴァレル夫人　一時間前に。

ガイ　それで何のために？

ペヴァレル夫人　（口実を探して）ハンバー様に会いに。ハンバー様は友人に会うために西部へ行こうとしておられ、私に挨拶するために立ち寄られました。ハンバー様がたまたまここにおられたので、卿はそれ以上探す手間が省けたのです。卿は私にそのことは人に言わないようにと頼まれました。

ガイ　（突然、真剣に）卿がフランクに何の用があるのでしょう？
ペヴァレル夫人　まあ、それは彼にお尋ねください！
ガイ　（はっとして）デヴニッシュ卿に？　まだです！　フランクに尋ねなければなりません！
ペヴァレル夫人　私もハンバー様のつもりでした。
ガイ　（考え、鋭く打ち消す。これがありえないと退ける。そしてファニーを見かける。ファニー再登場）ハンバー君は行かれましたか？
ファニー　ジョージ様が行かせようとなさいません！
ペヴァレル夫人　どうかお戻りになってとお願いしてください！（ファニー退場）良い動機はお考えになれませんの？
ガイ　デヴニッシュ卿がここに来られたことについて？　奥様が僕に彼の良い動機を教えてくださいませんか？

ペヴァレル夫人　（明らかに大変な、痛ましい努力をして）卿は私に知らせに来られました。
ガイ　（不安そうに）奥様に知らせに？
ペヴァレル夫人　（自制し、落胆の動作とともに諦めて）ハンバー様！

（フランク・ハンバー再登場。ペヴァレル夫人退場）

ガイ　（興奮し、唐突に）デヴニッシュ卿がここにおられることは知っています！
フランク　（驚いて）ペヴァレル夫人が君に教えたのかい？
ガイ　卿がご自分で仰った。（手袋を指さし）策士にしては、不注意だ！
フランク　（忠実に困惑を装いながら）卿は「策士」なのですか？
ガイ　他のどんな性格で、卿にあのような途方もない出し抜きができたでしょう？

（熱をおびた真剣さで）フランク君、卿は君から何を手に入れようとしに来たのですか？　卿は君に話しに来たのですね？

フランク　（真剣に、頑固に）彼はそれをしに来ました！

ガイ　そして何の目的でですか？

フランク　僕が永遠にイギリスを去るという目的で。

ガイ　（うろたえて）どこへ行くために？

フランク　十分遠くならどこへでも！

ガイ　（また動揺し）あの人のために？

フランク　僕自身のために。みんなのために！

ガイ　（有無を言わせず）僕のためにだね、フランク？

フランク　（まだかわそうとして）平和のために、人生のために！

ガイ　しかし卿の奇妙な願いについては、彼の強要については？

フランク 卿はそれが正しいと思っています！

ガイ （苦々しく笑って）卿が正しいと思っていることは役に立ちません！ 彼は君をこっそり傷つけようとしにきたのです！

フランク それは問題ではありません。僕には自分の義務が分かっていますから。

ガイ 誰に対する義務ですか？

フランク 僕自身に対する、です！

ガイ もしそれが明らかだったのなら、君はなぜポーチーズにいたのですか？

フランク （この質問をやり過ごして）そして君に対する僕の義務です。君が夫人を愛していることを僕が知らないとでも？

ガイ （すばやく）僕が君に言うまで、君は知らなかった！

フランク その反対に、君は僕が愛していたことを知っていた！

ガイ （思い出し、はっきり理解して）デヴニッシュが君に言ったのだ、僕を裏切ったのだね？

フランク　卿は君に奉仕したのです！

ガイ　彼の「奉仕」は利己的です。彼の奉仕は下品です。彼の役割は呪われています！（いまや完全に自分に説明し、それゆえフランクに言うかのように）彼ははじめ僕の自由に乗じようと、僕の名誉に付け込もうとここへ来ました。彼は僕の秘密を推測し、それを使ったのです！　彼は君を家から追い出したのです。

フランク　彼がしたのではありません！　僕自身の不快感からです。

ガイ　君自身の不快感は卿自身の計画に入っています。つまり彼の訪問の結果です！

フランク　僕の惨めな失敗の結果です！

ガイ　君を許可なく夫人の足元に来させたのは、君の惨めな失敗なのですか？

フランク　僕はただ、出かけると夫人に告げるために来ただけです。

ガイ　そしてその危険に君のために弁じさせたのですか？　（勝ち誇って）フランク君、君には希望があった！

フランク　（一瞬後、有罪を申し立てて）そうだね、僕には一つ火花があった！

ガイ　それはすぐさま炎となった！　デヴニッシュ卿が消したのです。

フランク　（確信し、打ち明けながら）卿が到着し、炎が消えた！　彼は僕に、君がふたたび自由になったと告げたのだ。

ガイ　「自由、自由」だって？　取り消すだけの自由ですね？　僕の自由はまさに巨大です！　フランク君、僕の自由は素晴らしい！　僕の自由はデヴニッシュ卿にとって恵みです！　（そして突然違った口調で、依然として冷笑的かつ不吉に）彼は僕の自由に触れるべきではありません！　僕のためにこうしたことが行われ、僕のために別の善良な男性が苦しむのですか？

フランク　君は三か月前、僕のために君ができることをしてくれた。今度は僕が君の手助けをしようと思う。

ガイ 僕が君をしっかりつかんでいると思うことで、僕を助けてくれたまえ！ 君とは長い付き合いだ。僕は君にいかなる災難も望んでいない。

フランク （心打たれ、当惑し）では僕は何を信じればいいのだ？

ガイ 僕がどこを向こうとも、君に危害を加えないということをです！ 僕は「世の中」に呼び込まれた。しかし僕は悲しむために来たわけではなかった！ 僕は痛みをもたらしたわけではない！

フランク ねえ君、君は知らないのだ！

ガイ （驚き、いぶかって）では君は知っているのか？

フランク （顔をそむけ）僕に尋ね過ぎないように！13

（ペヴァレル夫人再登場）

ペヴァレル夫人　これは良心の単純な事例です。私はデヴニッシュ卿を解放しなければなりません！

フランク　彼はそこにいます！

ガイ　（驚き、それから微笑んで）これまでずっと？

ペヴァレル夫人　（重々しく）彼は忍耐力をお持ちでした！

ガイ　（彼女を強く制して）彼にはさらなる忍耐が必要でしょう！　先に奥様に申し上げたいことがあります。（フランクに）デヴニッシュ卿に僕が着いたことを伝え、彼にお会いできないかと尋ねてくれませんか？（書庫へとフランク退場。少しして、真剣に）僕はドンヴィル家の最後の者です！　三か月前、あの愛しい古い庭で、奥様は雄弁に僕の家系について話してくださいました。僕は奥様が話してくださったことを信じ、それを試すために世の中に入っていきました。その信念は消え去りました。しかしより古いもの、より高次なものは残っています。僕はそれを忘れようと努めました。僕は最善を尽くしました。しかしふたたびこの場所で（古い記憶が突然押し寄せたかのようにあたりを見回しながら）それは僕に蘇ってきて、僕を包みます。それはまともに、非難する目で僕を見るのです。

ペヴァレル夫人　あなたを責めるものは何もありませんわ、ドンヴィル様、なぜならあなたは雄々しいのですから。

ガイ　僕たちはここで英雄とは何かについて語りました、諦めについて語った時に。

ペヴァレル夫人　でも諦めに反して、私がか細い声を上げた時もありました。

ガイ　奥様の声は僕には甘美なものでした。そして今はこれまでよりも一層甘美です。

ペヴァレル夫人　あなたの声には、ドンヴィル様、他の人とは違う、不思議な響きがあります。

ガイ　ふたたび弁じることをお許しいただき、僕がフランクのことを奥様にお願いする時、僕の声は僕自身にも不思議に聞こえます。彼を哀れと思ってください。彼を家から送り出さないでください。

ペヴァレル夫人　あなたは彼のことをまるで……（感情が溢れ、抑えきれなくなる）

（フランク・ハンバーとデヴニッシュ卿再登場）

ガイ　まるで僕が奥様を情熱的に愛していないかのように。神よ、お聞きください！そしてまるで、それをあなたに申し上げるためにここへ来たのではないかのように！　神よ、お聞きください！

フランク　夫人にそれをお伝えください、そうお伝えください、ガイ。そして「神」が君をお許しくださらなければ、僕が神に例をお見せしよう。

ガイ　まるで僕が努力せず話し、呵責なしに平静を保っているかのように？　奥様、僕がここへ来たのはそのためではなかったことは、素直に認めます。

フランク　彼はまったく違う用事で来たのです！

ガイ　僕は良いことのためにここへ来ました。しかしもっと良いことのための機会を見つけるでしょう。そして将来は、その両方について等しい喜びを味わうことになるでしょう！　ここを去るのは僕なのです！

デヴニッシュ卿　私は君に会うことに同意

（左から）ハーバート・ウェアリング（フランク・ハンバー）、マリオン・テリー（ペヴァレル夫人）、ジョージ・アレグザンダー（ガイ・ドンヴィル）、W. G. エリオット（デヴニッシュ卿）

した。

ガイ　僕はドンヴィル家の最後の者です！　（そしてデヴニッシュの返答を予期し、絶望して苛立つ卿の素早い動きに向かって語りながら）あなたはお優しくも僕の未来と僕の一族の未来に熱心な興味を持ってくださいました。それについて、僕はあなたに深く感謝しておりますし、あなたにも僕のその感謝の念を受け取っていただきたいと思います。しかし一層真剣にお願いしますが、どうかその驚くべき熱意を、今この時から永遠にお鎮めください！　僕は一日あなたの言葉に耳を傾けました。僕はあなたがお連れくださるところに付いていきました。あなたが見せてくださるように人生を見ました。そして顔を背けたのです。それが僕がここにふたたび立っている理由です。なぜなら（感情を強く抑えながら）他のことがいろいろとあり、別れがあるからです。（次に、非常に優しくペヴァレル夫人に）僕の馬車は戻っておりますか？

ペヴァレル夫人　（一瞬聞き耳を立て、ガイの蘇った高潔さに従うように）馬車の音が聞こえるように思います。

ガイ　では僕はこれからブリストルへ出発します。（悲しげに、優しく微笑みながら）マレー神父様は辛抱強く待ってくださいました。僕は神父様とともにフランスへ行き、教会での任務に就きます！　もし教会が誤りを犯した息子をふたたび受け入れてくださるならば！

ペヴァレル夫人　教会は受け入れてくださるでしょう。

デヴニッシュ卿　そしてあなたは彼を差し出されるのですか？

ペヴァレル夫人　教会に！

デヴニッシュ卿　（皮肉を込めて、ガイに）君がこの女性の模範的な犠牲をふさわしく扱うことを望むよ！

ガイ　（ぼんやりと）犠牲ですって？

デヴニッシュ卿　彼女への私の配慮がその名を言うことを禁じる感情の犠牲です。
フランク　夫人は君を愛しているんだ、ガイ！
デヴニッシュ卿　彼はそれを知るに値しない。（それから微笑み、ペヴァレル夫人に対して優しく）奥様、もしそれが私だったら！（門口から）私を憐れんでください！
ペヴァレル夫人　あれは夢でした。でもその夢は消えました！
ガイ　（深く、麻痺した興奮からゆっくりと立ち直って）教会が僕を受け入れてくださいます！（ペヴァレル夫人に）彼に優しくしてください。（フランクに）彼女に優しくしてください。（扉のところで）彼女に優しくしてください。
フランク　ペヴァレル夫人に。そう望みます！
ペヴァレル夫人　お待ちください！

注

1　トーントン――Taunton　イングランド南西部Somerset州の町。町名はトーン川の町（Town on the River Tone）に由来。Jeffrey判事の「血の巡回裁判」（一六八五年）の地。

2　ドゥエー――Douai　フランス北部Lilleの南にある市。十六、十七世紀にはイングランドから追放されたカトリック教徒の間で政治的・宗教的中心をなした。

3　ノルマン人の征服――the Conquest　ノルマンディー公国のウィリアムによるイングランド征服とノルマン朝の創始。一〇六六年。

4　ブリストル――Bristol　イングランド南西部のAvon川に臨む市。Avon川河口に貿易港がある。

5　オンバー――ombre　十七―十八世紀にヨーロッパで流行したトランプ競技。四十枚のカードを使い、三人で行なう。Man を意味するフランス語およびスペイン語の ombre、ombre、hombre より。

6　（エデル注）この後に続く飲酒の場面は、初演後にヘンリー・ジェイムズによって削除された。修正後の構想を見たいと望む読者は、ラウンドのここの科白から（※すなわち以下に示された部分で、「ああ愛しい人、あなたが今夜結婚するのは僕なのです！」とラウンドが依然として話しているところ、本書一一五頁）へと移動しなければならない。

7　（エデル注）『ガイ・ドンヴィル』のテキストは、不運な初演の後にヘンリー・ジェイムズが飲酒の場面を劇から削除したことを明らかに示している。しかし彼の著述物から見つかった対話の断片から、ジェイムズがこの場面の少なくとも一部を残したいと思っていたこと、この場面をもっともらしくするためにのみ修正したいと思っていたことが明らかになる。ラウンドが「一度でいいですからお相手してください！」と言った後で、次のような会話の挿入が意図されていた。

ガイ　（前と同じように）お相手をしましょう！

（メアリー再登場）

僕は彼のお相手をしようとしていました。

メアリー　（困って）あなたをお助けしようと戻ってまいりました。

ラウンド　（堂々と、失望して）彼を何からお救いになるのですか？　彼はプライドが高くありません！

ガイ　（メアリーに）彼が僕のプライドを直してくれました！

メアリー　あの方とまたお話ししてもよろしいでしょうか？

ガイ　どうしてもそれが必要ですか？

メアリー　ほんのもう一言か二言です。言わなければならないのです。

ガイ　彼が約束してくれるという条件でなら、それを仰っても結構です。ラウンド君、僕に約束してくれますか？
メアリー　（ラウンドがためらうのを見て）ガイさんにお約束してくださいませんか？私のためにお約束してください！
ガイ　（メアリーを制して。非常に真剣に）十分です。もうお答えをいただきました。
メアリー　（不安そうに、悲しげに）もっと良いお答えをお受け取りになれますのに！
ガイ　（戸口で）これで十分です！
（ガイ退場）
ラウンド　（もどかしそうに、なかば非難して）もう少しで彼を酔わせてしまえたのに。彼は僕が酔っていると思っています。彼は言い寄っていました！
メアリー　あの方は言い寄っておられませんでした。そんなことは私が許せませんでした。彼はあなたがお芝居をしていると分かっていました。私たちには秘密があると分かっておられました！
ラウンド　（驚愕して）ではなぜ彼は私たちを二人だけにしておくのですか？

メアリー　それは彼が私も一役買っていると思っているからです！　彼につけこむのは罪です。あの方は善良すぎます！

ここでジェイムズは、以前の削除の場合と同じように、劇が「ああ愛しい人、あなたが今夜結婚するのは僕なのです！」という科白から進むことを意図していた。

8　キングズ・ネイビー――King's Navy　イギリス最高峰の生地で作られた服。

9　（エデル注）ヘンリー・ジェイムズは、飲酒の場面を削除した後、ここから会話を始めている。

10　ここでジェイムズは「ドンヴィル夫人、服屋の娘二人と登場」と簡潔に記し、以下の場面が続く。（後に削除）

ドンヴィル夫人　まあ、別れられないお二人さん！　一緒にいたいというお気持ちは分かります。でもちょっとの間（メアリーに）ペティコートで過ごすには長すぎる時間ですが、あなたがたお二人を分けなければなりません。（ガイに）後で埋め合わせはできますわ！　胸襟当てを確かめるのに十分いただけませんこと？

ガイ　お要りようなだけ何分でも、奥様。このような場合には確かめすぎることはありませんから！

ドンヴィル夫人　まだお心に迷いがおありですか？　こんな時になっても。白いサテンの娘をご覧になるまでお待ちください！

メアリー　（悲しんで）お母様！

ガイ　白いサテン姿のあなたが見たいです！

ドンヴィル夫人　では一刻も無駄にできません。あなたの寝室を五分間だけ使わせていただけませんか？　（服屋の娘たちに）そこへお入りなさい。

ガイ　（扉を守りながら）ここはだめです！　失礼に見えましたらお許しください。しかし僕自身の準備もありまして……。

ドンヴィル夫人　あなたのご準備はそのような嗜みでなされておられるのですか？　きっとすばらしいご準備でしょうね！

ガイ　奥様をびっくりさせるような華やかさです。

ドンヴィル夫人 まあ、ではそれを台無しにしないようにしましょう！（メアリーに）あなたのお部屋に急いで行きなさい。
ガイ はじめに僕がお嬢さんにお話しするのをお許しください。
ドンヴィル夫人（当惑して）あなたたちは丸一日一緒におられたのに？
メアリー ドンヴィル様が仰らねばならないことに比べれば十分ではなさそうです！
ドンヴィル夫人 あなたはお口が達者だこと、私に対してですら！
ガイ これは大事な問題を解決するためです！
ドンヴィル夫人 ではあなたの問題を解決なさい。でもあのショールをご覧ください！
（服屋の娘たちとともにドンヴィル夫人退場）

11（エデル注）グラン・キュルス――*Artamène, ou le Grand Cyrus.* Madeleine de Scudéry（一六〇七－一七〇一）作のフランスの英雄ロマンスは、一六四九年から五三年にかけて十巻で出版された。翻訳はイギリスで非常に人気となった。

12　（エデル注）ジェイムズははじめ「スモモ」と書き、後に「梨」に替えた。

13　（エデル注）ここでジェイムズは、以下のガイの科白を書いていた。（後に削除）

ガイ　（前を見つめ。幻想に耽るように）僕には見えるものだけが見える！　そのような忠告は、忠告ではなかった。そのような義務は義務ではなかった！　彼らは僕に「人生」を提供した！　しかし「人生」は、僕には、邪悪なものだ！　それは他の人々の犠牲に植えられている。僕は昨日それを捨て去り、今日ふたたびそれに出会う。（はっきりと決意し）僕はもう一度それを捨て去る。すべて自分自身の犠牲のために。僕が従った高い呼び声には、他の呼び声にはない隠れた悪徳、致命的な欠陥があった。それはすべてひどい誤り、初めからひどい誤りだった。暗い世間ずれ、罠だった！　フランク君、僕は自分の教訓に頭を垂れる。

MR. HENRY JAMES'S NEW PLAY, "GUY DOMVILLE," AT THE ST. JAMES'S THEATRE.
Guy Domville (Mr. George Alexander) and Mrs. Peverel (Miss Marion Terry) in the Garden at Porches.

ジョージ・アレグザンダー（ガイ）とマリオン・テリー（ペヴァレル夫人）Henry Charles Seppings-Wright 画

解説

水野尚之

ヘンリー・ジェイムズ（Henry James、一八四三－一九一六）の三幕劇『ガイ・ドンヴィル』（*Guy Domville*、初演一八九五年、ロンドン）については、初演の際の騒動が有名であり、劇そのものが読まれることはほとんどない。そしてこの劇の初演の後で舞台に立ったジェイムズが観客から受けた屈辱があまりにも大きく、ジェイムズがこれ以後劇作の筆を折った、などといった言説を文学史などでたびたび見かける。

デイヴィッド・ロッジ（David Lodge）の『作者を出せ』（*Author, Author*, 2004）では、この時ジェイムズが受けた心の傷が死ぬまで残ったと描かれている。本解説では、いろいろな角度から『ガイ・ドンヴィル』についてもう少し丁寧に見ていきたい。

▼幼少期から劇作まで

一八四三年にニューヨークで生まれたヘンリー・ジェイムズは、早くも八歳のころから両親に連れられて芝居を観ていた。ジェイムズが晩年に書いた実質上の自伝『少年と他の人々』（*A Small Boy and Others*, 1913）には、少年ジェイムズが実に多くの芝居を観た経験が語られている。彼が観たのは、シェイクスピア劇、ディケンズのいくつかの小説の翻案、『アンクル・トムの小屋』の翻案の他に、たくさんのメロドラマ、笑劇、サーカスなどの見世物などであった。ピューリタニズムの影響が色濃く残り、劇場と銘打つことがはばかられた当時のニューヨークにあって、「講演室」や「文化会館」などと称する建物で少年ジェイムズは芝居の楽しさを味わい、知識を身に着けていった。そして一八五五年に「アメリカよりも良い感情教育を子供たちに与えるために」父ヘンリーが一家を連れてヨーロッパに渡ってからも、息子のヘンリーはロンドンやパリで芝居に親しみ続けた。文学作品を読むのが好きな少年は、一家がふたたびアメリカに戻ってボストンに居を構えたころには小説家になろうと志しており、二十一歳の時に投稿した短編小説「間違いの悲劇」("A Tragedy of Error")が初めて雑誌に掲載された。翌年には当時の一流雑誌『アトランティック・マンスリー』に短編が掲載され、それ以後、副編集長だったハウエルズ(William Dean Howells)に励まされて小説家として順調に成長を続けた。一方、演劇に対するジェイムズの関心も薄れるどころかますます深まり、一八六五年からの十年間だけでも、七本の劇評を書いている。またジェイムズは、劇の創作についても一八六九年ごろから試みている。

長短さまざまの小説や評論、旅行記ほどではないにしても、ヘンリー・ジェイムズが生涯にわたって書いた劇は以下のように十五作ほどあり、決して少なくない。

『ピュラモスとティスベ』(*Pyramus and Thibe*)雑誌『ギャラクシー』(一八六九年四月)掲載。一幕劇。上演されず。

『静水』(*Still Water*)雑誌『バルーン・ポスト』(一八七一年四月)掲載。一幕劇。上演されず。

『心変わり』(*A Change of Heart*)雑誌『アトランティック・マンスリー』(一八七二年一月)掲載。一幕劇。上演されず。

『デイジー・ミラー』(*Daisy Miller*)一八八二年私家版印刷。雑誌『アトランティック・マンスリー』(一八八三年四-六月)掲載。三幕劇。上演されず。

『アメリカ人』(*The American*)一八九一年一月、サウスポート初演。四幕劇。

『借家人』（*Tenants*）単行本 *Theatricals*（一八九四年）収録。三幕劇。上演されず。

『破談』（*Disengaged*）単行本 *Theatricals*（一八九四年）収録。三幕劇。上演されず。

『アルバム』（*The Album*）単行本 *Theatricals: Second Series*（一八九四年）収録。三幕劇。上演されず。

『無頼漢』（*The Reprobate*）単行本 *Theatricals: Second Series*（一八九四年）収録。三幕劇。上演されず。

『ガイ・ドンヴィル』（*Guy Domville*）一八九五年一月、ロンドン初演。三幕劇。

『向こうの家』（*The Other House*）三幕劇。一八九三年十二月と九四年一月の『創作ノート』に着想の記述。約一年後、脚本執筆。ジェイムズはこれを基に小説 *The Other House* を執筆。一八九六年出版。劇は上演されず。

『サマー・ソフト』（*Summersoft*）一幕劇。上演されず。ジェイムズはこの劇を基に短編小説 "Covering End" を執筆。一八九八年出版。さらに一九〇七年、三幕

劇 *The High Bid* に書き直す。

『高値』（*The High Bid*）一九〇八年三月、エジンバラ初演。三幕劇。

『客間』（*The Saloon*）一幕劇。短編小説 "Owen Wingrave" を基に一九〇七年執筆。一九一一年一月、ロンドン初演。

『抗議』（*The Outcry*）三幕劇。アメリカの舞台監督の依頼で、一九〇九年末執筆。上演されず。ジェイムズはこの劇を基に小説 *The Outcry* を執筆。一九一一年出版。

▼劇『デイジー・ミラー』

劇作を志した頃のジェイムズが手本にしたのは、ユージーン・スクリーブ（Eugène Scribe）やヴィクトリアン・サルドゥー（Victorien Sardou）らのフランス喜劇であった。ジェイムズはアメリカにいた一八七五年に早くも、「厳粛で厳格な法則」に基づく劇作の必要性を説いている。そして七年後彼自身が「デイジー・ミラー」(“Daisy Miller”)の劇化を試みた際にも、当時フランスにおいて著名だったフランシスク・サルシー(Francisque Sarcey)の演劇理論——劇は「ウェル・メイド」であるべきで、構成の技巧がもっとも重要である——をそのまま受け入れたようだ。さまざまな解釈を可能にするほど陰影に富み哀感を誘う小説「デイジー・ミラー」を、ジェイムズはどうやら本気でフランス喜劇ばりの喜劇へと変えてしまった。小説では不可解なデイジーが視点人物ウィンターボーンを惹きつけつつ死んでいくのに対し、劇ではデイジーは回復し、ウィンターボーンと結婚すると宣言する。さらに副筋として、小説では登場しなかったアメリカ人の若い男女が結ばれる。こうした点の他にも、出来上がった劇には明らかに受け入れ難い要素が見られる。たとえば登場人物たちはひたすら向き合って会話をするが、その会話はほとんどの場合傍白を伴う。その結果、登場人物たちが他人には言えない胸の内をいちいち観客に訴える、という説明的で冗長な科白が延々と続く。またイタリックや感嘆符の多用も目につく。劇『デイジー・ミラー』のこうした弱点は、上演される前に早々と見抜かれた。ジェイムズはこの劇の脚本をニューヨークの劇団の関係者に見せたが、「美しく書かれてはいるがあまりにも文学的である。会話が多すぎてアクションが十分にない」という理由で上演を拒否された。さらにジェイムズは、この劇をロンドンで上演させようと交渉して失敗する。諦めきれないジェイムズは、劇『デイジー・ミラー』を雑誌に掲載し、その後単行本として出版した。しかしニューヨークの『トリビューン』（*Tribune*）紙の酷評は、この劇を読んだ者の多くが抱いたであろう感想を代弁していると言えよう。「ジェイムズのような秀でた小説家であり鋭い批評家が、今や永久に記録されることになった失敗の意味を十分に認識していなかったことに、驚きと残念な気持ちを抑えることができない。」ジェイムズはこの後、長編小説『ある婦人の肖像』（*The Portrait of a Lady*）を劇化する誘いを受けるが、さすがに断っている。

▼劇『アメリカ人』

劇『デイジー・ミラー』の挫折が、劇作家を目指すジェイムズに相当な痛手を与えたことは、彼の友人宛の手紙などから読み取れる。しかし数年後にふたたび機会が訪れるや、ジェイムズはまた小説からの劇作に挑戦する。一八八九年にジェイムズは、十年ほどイギリス各地を巡業している劇団から『アメリカ人』(*The American*)を脚色することを依頼される。これに応じてジェイムズは四か月ほどで脚本を書き上げた。はじめの題名は『カリフォルニア人』(*The Californian*)だった。ジェイムズが小説『アメリカ人』を劇に書き替えて上演までもっていった時期に、ロンドンに滞在していた妹のアリスは、日記の中で兄ヘンリーの演劇との関わりについて興味深い言及をしている。アリスの日記は、彼女がロンドンに滞在して死ぬまでのわずか三年、つまり一八八九年から九二年のあいだにつけた日記であり、当時のロンドンの様子が鮮やかに伝わってくる。これを読むと、兄のヘンリーが劇作や上演についていかに細かくアリスに話していたか、またおそらく他人には言えなかったであろう愚痴を妹にぶちまけていたかが分かる。たとえば劇『アメリカ人』の初演について、アリスは次のように書いている。

この十八か月かそこら、私が胸をときめかせていたわが家の一大イベントが始まった。『アメリカ人』が「リヴァプールのブライトン」と呼ばれるサウスポートで、一月三日に初演され、聴衆とコンプトンと作者にとっては、すばらしい成功であったらしい。コンプトンは見事に演じてくれたとハリーは言っていて、初めて大喝采を受けて歓喜で顔が紅潮している彼の話を聞いたり、そんな姿を見たりするのは楽しかった。芝居の最後に彼は、鳴りやまぬ拍手に呼び出され、大喜びの好意的な劇団員たちによって舞台へと押し出された。……私はいとしいハリーがそのような成功を得たことに本当に感謝している。

（『アリス・ジェイムズの日記』一八九一年一月七日付）

しかし劇『アメリカ人』の成功は長くは続かなかった。サウスポートからロンドンへ進出した劇団が『アメリカ人』の上演を七十六回で打ち切った時、アリスは次のように書いている。

『アメリカ人』は七十六回目で名誉ある死を迎えた。観客の興味と興奮に関して言えば、この劇は大成功だった。しかしすべての劇場にとって最悪の季節であったため、またコンプトンが不慣れで貧しかったために、興行は期待したより短かった。

（一八九二年十二月三十日付）

ここで劇作家ジェイムズが苦労して相手をした「座元兼役者」（actor-manager）という存在について考えたい。「座元兼役者」とは自分の劇団をもつ役者であり、劇団の経営面を取り仕切り、時に劇場さえも所有し、自分の選んだ芝居を上演して、多くの場合主演をする。この形はイギリスでは十六世紀末にすでに出現し、十九世紀には主流を占めた。（二十世紀初め「舞台監督」（stage manager）が登場して、「座元兼役者」は衰退する。）一八八九年に小説『アメリカ人』の劇化を手がけてから、イギリスの演劇界での成功を目指したジェイムズが相手にせねばならなかったのが、この「座元兼役者」だった。採算重視の「座元兼役者」が望むような芝居を書かねばならないという拘束をジェイムズは常に意識していたようで、作品は「良すぎてはいけない、ひどいものでないといけない」と考え、削除の屈辱にも耐え、小説を書くときには考えもしなかったハッピーエンドも用意した。

また劇『アメリカ人』にも、ジェイムズが親しんだフランス喜劇の影響を見ることは容易である。そしてこの劇のロンドン公演を見たアーサー・シモンズ（Arthur Symons）の劇評――「この劇が、小説の作者を満足させたなどと考えられるだろうか」――は、この劇を読む現代の読者の多くが抱く感想とも言えるだろう。

劇『アメリカ人』の抱える問題点は、プロットの変更の他にもいくつか見られる。役者への指示が過剰である点も、どこまで効果を上げたか疑問である。また劇『デイジー・ミラー』にも見られたように、感嘆符やイタリックが多用され、台詞は大げさで空虚に響きかねない。ジェイムズが当時のイギリス演劇の観客をどう見ていたかについて、それを窺わせる手紙等は比較的多い。たとえば友人のスティーヴンソン（Robert Louis Stevenson）に宛てた手紙の中で、ジェイムズはリハーサルが始まった劇『アメリカ人』のことを、「数ある美神の中でも、最も俗悪な美神への捧げ物」と呼んでいる。また、劇『アメリカ人』が七十六回のロンドン公演の後に、いわば都落ちのようにふたたび田舎で上演されるようになった時、ジェイムズは「座元兼役者」コンプトンの求めに応じて実にあっさりと第四幕を書き換えてしまったが、その時にも兄ウィリアムに宛てて次のように書いている。

こうして第四幕は今では別の四幕になりました。この幕は観客の無邪気な本能やイギリス的な鈍い頭を卑しく満足させるでしょう。（一八九二年十一月十五日）

それならば、彼の劇はそのような俗悪な大衆の好みを満足させるだけの出来になっていただろうか？　劇『アメリカ人』や『デイジー・ミラー』には、大衆の期待したスペクタクル性はあまりない。急激に大団円を迎える勧善懲悪プロットはあるにしても、観客の目を奪うそれ以上の仕掛けはない。かわりにこれらの劇には台詞や傍白、独白が溢れている。このような劇が、演劇の世界に慣れた者の目に「あまりに文学的すぎる」と映ったとしてもいたし方ないだろう。結局ジェイムズはこれらの劇において、彼の小説の緊密な迫真性を劇にも求めた一部の真面目な観客を満足させることにも、また大衆の好みに合致することにも、十分な成功を収めることはできなかった。

▼『ガイ・ドンヴィル』、ふたたび座元兼役者との苦闘

『ガイ・ドンヴィル』は、はじめから劇として書かれている点で、以前の『デイジー・ミラー』や『アメリカ人』とは違っている。この劇の上演についてもジェイムズは、「座元兼役者」のジョージ・アレグザンダー（George Alexander）の要求を聞き入れつつ劇を書いている。レディング生まれの役者アレグザンダーは、一八八一年にヘンリー・アーヴィングに見出されてアメリカ各地を巡業していたが、一八九〇年か

らロンドンの座元兼役者となった。彼は、九二年にオスカー・ワイルドの『ウィンダメア卿夫人の扇』（*Lady Windermere's Fan*）でウィンダメア卿を演じており、ジェイムズは初演を観ている。その翌年にジェイムズはこの座元兼役者に『ガイ・ドンヴィル』を渡しており、彼をそれなりに評価していた。もっともこの役者の演技についてジェイムズは、「溢れる熱情と注意を払って演技する」と褒めつつ、「役のリアリティを無視する」と否定的にも述べている。アレグザンダーについてのジェイムズのこうした相反する評価は、『ガイ・ドンヴィル』の上演が彼に託された際に現実のものとなった。一八九四年十二月にリハーサルが始まるとすぐに、アレグザンダーはジェイムズに、主人公ガイを演じる中での脚本の削除や変更を要求している。これはジェイムズには「怖ろしい、極度の試練」と感じられた。後にジェイムズはこの劇を「ああ、切断され、残酷に単純化され、殺された哀れな劇」と呼んでいる。また劇の元の題は「英雄」（*The Hero*）であったが、アレグザンダーは「ガイ・ドンヴィル」を好んだ。

ジェイムズは兄のウィリアムには「僕はそんな題は嫌いです」と手紙に書いているが、結局しぶしぶこの座元兼役者の意見に従った。……このようなリハーサルが続き、『ガイ・ドンヴィル』は初演を迎えたのである。

▼あらすじ

『ガイ・ドンヴィル』のプロットは、さほど複雑ではない。フランク・ハンバーは、ポーチーズに住むペヴァレル夫人に再度求婚するが、夫人は即答を避ける。そこへロンドンからデヴニッシュ卿がやって来て、ペヴァレル夫人の子供の家庭教師をしているガイ・ドンヴィルに、いとこのドンヴィルが後継者を残さず死んだ、と告げる。マライアを家長とするドンヴィル一族は、ガイがマライアの娘メアリー・ブレイジャーと結婚し、世継ぎをもうけることを望んでいる。カトリックの聖職に就こうと思っていたガイは、ドンヴィル家の将来を担ってほしいという一族の期待との板ばさみになる。

一方リッチモンドのマライア・ドンヴィル夫人の屋敷では、ラウンド大尉と密かに愛を育んでいる令嬢メアリーが、ガイと結婚することをデヴニッシュ卿から勧められている。この裏には、ガイとメアリーを首尾よく結婚させたら、マライアはデヴニッシュ卿と結婚し、卿の借金を肩代わりするという約束がある。しかしリッチモンドに来たガイは、ラウンド大尉からデヴニッシュ卿がメアリーの実の父親であると知らされ、メアリーと大尉の駆け落ちを手伝う。またガイは、ペヴァレル夫人がフランクの求婚を拒絶したのは自分が原因であることを知る。旧友フランクやメアリーに苦痛を与えてきたのは自分の存在だったと思うに至るガイは、ペヴァレル夫人とフランクに結婚を勧めつつ、聖職に就くことを決心する。

『ガイ・ドンヴィル』のプロットに、ハウエルズの『当然の結果』(*A Foregone*

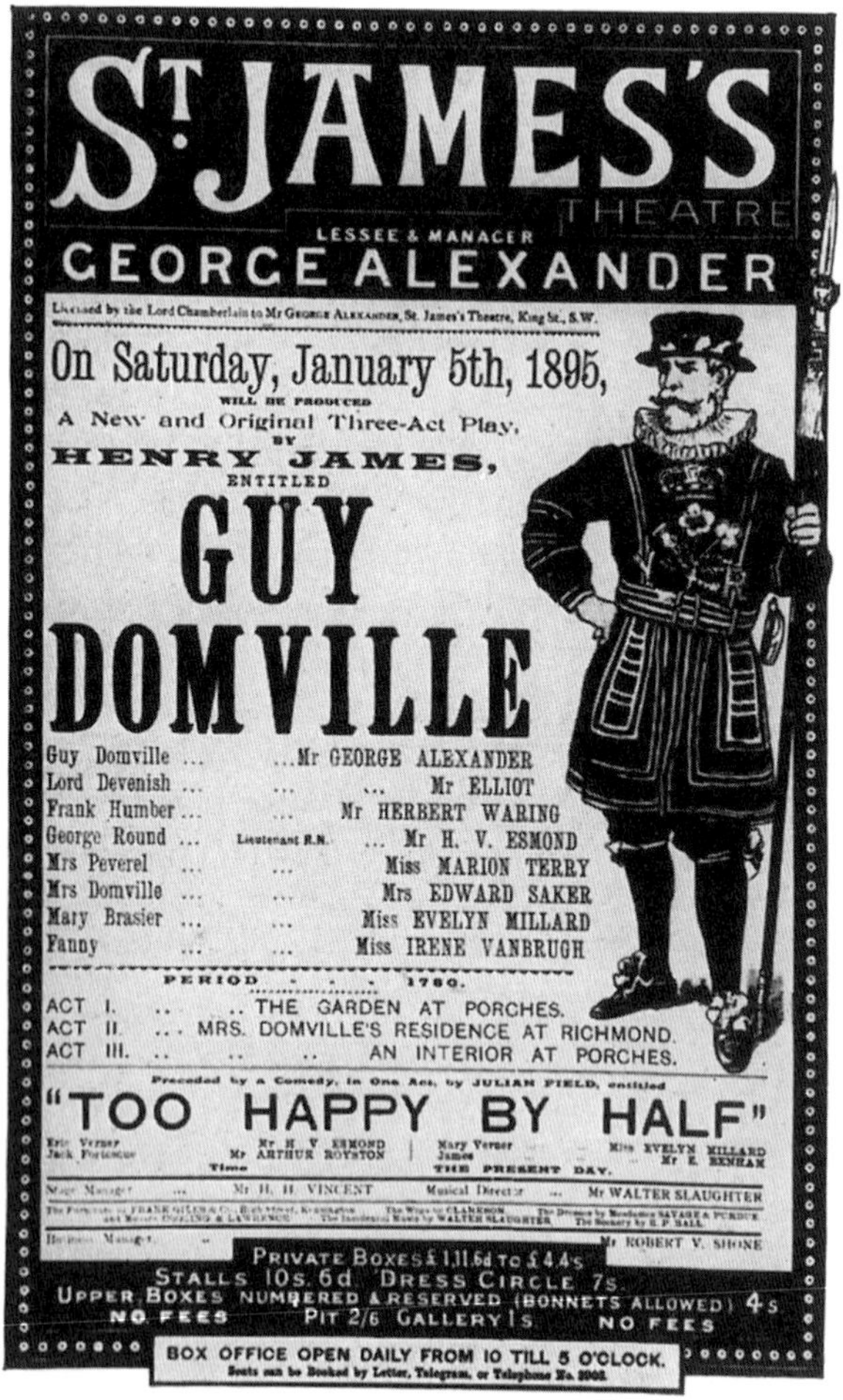

『ガイ・ドンヴィル』1895 年 1 月 5 日初演のポスター

Conclusion, 1875）の影響を見る批評家もいる。実際、イタリアの聖職者がアメリカの女性に惹かれるこの小説について、ジェイムズは批評も書いている。また、一八九二年八月四日付けのジェイムズの『創作ノート』には、ヴェニスの僧が世継ぎをもうけるために一族によって教会から連れ出される、という着想が記されている。

▼聖ジェイムズ劇場

『ガイ・ドンヴィル』については、劇の出来そのものよりも、上演の際の事件がもっぱら言及されてきた。一八九五年一月五日のロンドン初演では、不安のためか近くの劇場で上演されていたオスカー・ワイルド（Oscar Wilde）の劇を観に行っていたジェイムズは、自分の劇の終演後、挨拶のために舞台に上がった。ところが彼の期待に反して、客席から野次や冷やかしが浴びせられたのである。ここで『ガイ・ド

写真①
ヘイマーケット劇場
（ca. 1900）

写真②
現在のヘイマーケット劇場（2012 年 水野尚之撮影）

ンヴィル』が上演された劇場について見てみよう。写真①は、ヘイマーケット劇場(Haymarket Theatre)で、オスカー・ワイルド(Oscar Wilde)の『理想の夫』(*An Ideal Husband*)が上演されていた当時の写真である。この劇場は、写真②のように、ほとんどそのまま現在も使われている。

一方、ジェイムズの『ガイ・ドンヴィル』が上演された劇場はどうだろうか? 皮肉なことに、この劇場の当時の名称は聖ジェイムズ劇場(St. James's Theatre)だった。訳者が実際に歩いてみると、ワイルドのヘイマーケット劇場から十分とかからないところに聖ジェイムズ劇場はあった。自分の劇『ガイ・ドンヴィル』が上演されている間、ジェイムズが不安のあまりワイルドの劇を観るためにヘイマーケット劇場へ行き、『ガイ・ドンヴィル』が終わるころに聖ジェイムズ劇場に戻ってきたというエピソードは有名だが、それもうなずける距離である。ただ残念なことに、現在我々が訪れることができるのは、聖ジェイムズ劇場の跡地である。写真③は『ガイ・

写真③
『ガイ・ドンヴィル』が
上演されていた当時の
聖ジェイムズ劇場

写真④
1959年の聖ジェイムズ・ハウス

写真⑤
1980年代以降の聖ジェイムズ・ハウス
(2012年 水野尚之撮影)

ドンヴィル』が上演されていた当時の聖ジェイムズ劇場である。ところがこの劇場は取り壊され、あの「座元兼役者」だったジョージ・アレグザンダーの子孫のナイジェル・ライダウト（Nigel Rideout）が一九五九年に新しいビルを建て、聖ジェイムズ・ハウス（St. James's House）と名付けた。（写真④）ところがこのビルも一九八〇年代に取り壊され、新しい建物が立ち、やはり聖ジェイムズ・ハウスと名付けられた。二〇一二年に訳者が撮影したのはこの建物だった。（写真⑤）ワイルドの劇を上演していたヘイマーケット劇場はほとんどそのままの形で残り、現在も劇の上演が行われている。一方、ジェイムズの劇が上演された聖ジェイムズ劇場は取り壊され、後に建てられた建物にかろうじて往時の名前の一部を残しているにすぎない。

▼『ガイ・ドンヴィル』初演

作品そのものへと戻る。ジェイムズが望んだ原題の『英雄』（*The Hero*）が示すように、この劇では、主人公ガイ・ドンヴィルが様々な局面に遭遇しつつ自らの生き方を選ぶ様がプロットの中心をなす。登場後まもなく、カトリックの聖職につく決心をしたガイは、ペヴァレル夫人に次のように述べる。

僕には機会が訪れたのです。それをしっかり見据えて生きてきました。怖くはありません。安逸の放棄、明確な義務、教会の任務、神の賛美。こうしたものが僕を待っているように思います！　そしていたるところに助けるべき人がいます。（第一幕）

しかしまもなくやってきたデヴニッシュ卿からドンヴィル家のお家事情を聞かされると、ガイはすぐに考えを変え、ドンヴィル夫人の屋敷に滞在して言う。

奥様、僕は何であれ立派なものが好きだと思います。ともかく、僕はあなたが僕に背負わせてくださるものが背負えます。そして幸福も背負えると思います！　それに来させてください。そして僕にそれを身に着け続けさせてください！　今メアリーに言いましたように、僕は感謝の気持ちでいっぱいです。つまり奥様、あなたへの。・・・・（第二幕）

ところがデヴニッシュ卿とドンヴィル夫人の計略を知るや、ガイはまたはじめの決心に戻る。このように状況によって簡単に生き方を変える主人公を見る時、そもそも彼に深い宗教心などあったのだろうか、という疑問も生じるだろう。初演の際に観客の一部が上演を下品に妨害した原因のひとつは、どうやらそのような不満であったようだ。人気俳優ジョージ・アレグザンダーが主人公ガイを演じ、電気による照明を使ったこの劇の上演では、少なくとも第一幕は観客を魅了したようである。ただ、一七八〇年という設定で衣装が考証されていたとはいえ、第二幕に不恰好な帽子をかぶってドンヴィル夫人が登場した時（七十三頁写真参照）には、それまでのロマンティックな雰囲気は失せていたらしい。またガイがラウンド大尉と酒を飲む場面（一〇六頁写真参照）――後にジェイムズはこの場面を削除する――でも、正気を失わず、後にメアリーと真剣に話し合うラウンド大尉に比べて、ガイはすぐに酔ってしまう。ガイの軽薄さだけが際立つ場面となった。上演がこのあたりにさしかかった時、咳払いやクスクス笑いが聞こえ始めた。そして場面がはじめのポーチーズに移り、ガイがペヴァレル夫人と話す第三幕では、観客は明らかにガイの選択に共感せず、不満を露骨に表現したようである。冷笑的な言葉を大声でどなった観客もいた。上演のこうした様を見ることなく、ジェイムズはワイルドの劇を観て、ヘイマーケット劇場から戻ってきた。そして『ガイ・ドンヴィル』の終演後に呼び出されて舞台に上がった作者ジェイムズを待ち受けていたものは、野次と賞賛の激しい交錯だった。

（以下は、ジェイムズの友人たちの証言を基に、後の研究者たちが再現したこの時の光景である。）野次に言い返せず立ちすくむジェイムズを見て、友人のジョン・シンガー・サージェント（高名なアメリカ人画家、後にジェイムズの肖像画を描く）は舞台に飛び乗り助け出そうと思ったが、ジェイムズの他の友人たちも同じ思いだった。顔面蒼白でこわばったジェイムズは、両腕を動かし肩をすくめ、弁解の仕草をした。そして向きを変え、舞台から逃げ出した。ガイ役のアレグザンダーもついていった。アイリーン・バンブラー（ファニー役）とフランクリン・ダイオール（召使い役）は、ジェイムズが舞台袖に入ってきた時に浮かべていた苦悶の表情を決して忘れることができない、と後に語っている。ジェイムズの顔は「動揺で真っ青だった」とダイオールは述べている。アレグザンダーはふたたび舞台に登場した。何人もの観客が「スピーチ、スピーチ」と叫び、「お前のせいじゃない。悪いのはひどい芝居の方だ」という声もあった。アレグザンダーは「私はこれまで皆様からご好評を頂いてまいりましたので、今夜の不協和なご反応に大変心を痛めております。私たちは最善を尽くしましたが、もし成功でなかったとしたら、今後より良い演技を心がけることで皆様のご厚情におすがりできるだけです」と述べた。これに対して観客は称賛の声を上げ、事態は収束した。客席が明るくなり、国歌が演奏され、観客は家路についた。ジェイムズはといえば、かつて『アメリカ人』がサウスポートとロンドンで上演された際に行ったように、フランス式の慣習に従って、『ガイ・ドンヴィル』の役者たちを夕食に招いている。その夕食の様子は伝わっていない。ジェイムズは二日目の上演では天井桟敷に座った。そして彼は、自分の芝居が「深い関心と純粋な興奮をもって受け入れられ……第三幕が終わった後には称賛の嵐となった」(ニューヨークの『トリビューン』紙特派員評)のを目にしたのである。

一方、この芝居の初演を観ていた観客の反応や評価はどうだったであろうか? 観客の中には、ジェイムズの知人だけでもエドモンド・ゴス、アーノルド・ベネット、フレデリック・レイトン卿（ジェイムズの小説「私生活」中のメリフォント卿のモデル）、エリザベス・ロビンズ（イプセン劇の主演で有名、劇『アメリカ人』ではクレール役を演じた）、ジョージ・バーナード・ショー、二日前にワイルドの『理想の夫』の劇評を書いたH・G・ウェルズといった、そうそうたる人々がいた。彼らもこの劇の初演の模様を伝えている。まず新聞各紙がアレグザンダーの芝居後の「スピーチ」を非難した。『タイムズ』はそれを「哀れな弁明」と呼び、『デイリー・クロニクル』は「痛ましい見世物」と、マンチェスターの『ガーディアン』は「その究極の運命がどんなものであれ、自分の劇場に資するものとなった劇について」謝罪したことを、勇気のなさと評している。その他、劇場の雰囲気が分かっていたのにジェイムズを舞台に上げたアレグザンダーの配慮のなさを非難したもの、アメリカ人であるジェイムズに対する観客のスポーツマンシップのなさを非難した新聞もあった。

劇そのものについても、多くの人が批評を書いている。たとえばショーは、「劇評家の仕事はああした馬鹿どもを教育することであり、彼らの真似をすることではない」と初演で騒いだ観客を非難しつつ、「劇作家としてのジェイムズ氏の腕は確かであり……まともな観客が劇場にいるときには、彼の劇は演劇的である」とジェイムズの劇を擁護している。しかし批評家たちのこの劇についての評価は、概ね否定的だった。主役のガイが決心を容易に変える点、デヴニッシュ卿役の役者が演技過剰であったこと、飲酒の場面、第二幕の空疎な騒ぎ、第三幕が明瞭さを欠いている点、ドンヴィル夫人役のセイカー夫人の衣装が凝りすぎて不格好なこと……こうした点が劇の失敗の原因となった、と批評家たちは容赦なく批判している。H・G・ウェルズは、この劇が「見事に着想され美しく書かれている」が、「第二幕は退屈でどうしようもない」とし、「ガイ役のアレグザンダー氏は、第一幕では教訓を説くピューリタンであり、第二幕では立派で寛容な伊達男、第三幕では我々が以前に見たことのある、受け入れがたく高貴で鉄灰色のアレグザンダー氏である」としている。またアーノルド・ベネットは、「第一幕の美しい対話はあまりに節度があり穏やかで、オスカー・ワイルド氏やヘンリー・アーサー・ジョーンズ氏の才気にあふれた会話に慣れている観客の好みには合わない」と述べ、「この劇はあまりに美しく書かれ、あまりに多くの素晴らしい場面があり、あまりに良心的で芸術的に演じられ、舞台も贅沢に演出されているので、冗長な第二幕は、敬意のある沈黙をもって許されるか耐えられるかであってもよかっただろう」と述べている。

▼初演の後

初演の騒動にもかかわらず、『ガイ・ドンヴィル』は酷評されたばかりではなく、結局五週間上演された。その間には初演のような騒ぎは起きていない。また初演の騒動についても、キャストから外された俳優が観客を装った仲間に野次らせたという陰謀説もある。初演の日の午後に、チェルシーのスローン・ストリートの郵便局において、二人の女性がジョージ・アレグザンダー宛てに無署名の電報を打っている。その文面は「完璧な失敗を心からお祈りします」だった。アレグザンダーはこの電報を受け取ったが、初演が終わるまでジェイムズには見せなかった。もし『ガイ・ドンヴィル』初演の騒動がこうした陰謀によるもの――入場料を払えたと思えないようなたくさんのならず者たちが、幕間ごとに酒を飲み、次第にやかましく騒ぎ始めた。ならず者たちは二派に分かれ、それぞれが指示に従って野次を発した――だったとすれば、騒動の原因が劇そのものの不出来のせいとは言い切れなくなる。

ただ、現代の目からこの劇を見た場合、常に聖人君子然として行動する割には、他人に合わせて生き方を安易に変える主人公の造形は、観客が共感できるような深みのある主体性を欠いているという印象は否めない。実際、初演の際の観客は、ガイに対してではなく、「彼はそれを知るに値しない」と言い、ペヴァレル夫人の切ない恋心を受け止めようとしないガイを非難したデヴニッシュ卿に共感したようである。

結局、この劇でジェイムズが得たのは三〇〇ポンド足らず、アレグザンダー一座には一、八〇〇ポンド以上の出費があった。そしてジョージ・アレグザンダーは次の劇の上演を発表した。それはオスカー・ワイルドの『真面目が肝心』(*The Importance of Being Earnest*) だった。

▼その後のジェイムズの劇作

ジェイムズは『ガイ・ドンヴィル』初演の経験によって劇作の筆を折り、小説創作へと回帰した、というような言説が時々見られるが、これは少々乱暴な断定である。実際には、ジェイムズは『ガイ・ドンヴィル』以後も劇を書き続けている。それらの劇の中でも『高値』(*The High Bid*) は、実際に上演され、その上演も劇作家としてのジェイムズの自負心をかろうじて満足させる成功を収めている。『高値』のあらすじは以下のようなものである。

カヴァリング邸に住むプロドモアは、娘のコーラを、この屋敷の所有権を相続したばかりのユール大尉と結婚させたがっており、コーラにユール大尉を求婚させるようにしむけよと迫る。一方のユール大尉には、急進的な考えを改めることと、コーラに求婚することを、プロドモアは迫る。コーラと結婚すれば、自分が持っている屋敷の抵当権をなしにしてもよい、と大尉に持ちかけるのだ。コーラにはホール・ペグという恋人がいて、また急進派のユール大尉も、保守的な価値の象徴である邸宅を受け継ぐことに抵抗を感じている。こうした二人の窮地を救うのがグレイスデュー夫人である。彼女はたまたまこの屋敷に観光客として訪れたアメリカ人だが、アメリカで調べてきた結果、持ち主のイギリス人よりもこの屋敷の歴史や価値に詳しい。コーラから悩みを聞いたグレイスデュー夫人は、プロドモアにカヴァリング邸を五万ポンド（後にはプロドモアの要求通り七万ポンドに増やす）で買い取ることを提案し、コーラと富裕なイギリス人実業家の息子ホール・ペグとの結婚を認めさせる。グレイスデュー夫人からカヴァリング邸の歴史的価値を教えられ、またこうした屋敷が存続するだけで満足であるという夫人の高潔さに心を打たれたユール大尉は、彼女の夫が他界しているのを知り、夫人に求婚し、受け入れられる。

この劇に影響を与えたとされるイプセンの『ロスメルスホルム』では、屋敷に住む登場人物たちは死を選ぶ。これに対して、ジェイムズの人物たちは明るい建設的な途を選ぶ。若い恋人たちは結ばれ、貧乏な大尉は金持ちの未亡人と結婚し、借金問題は解決され、歴史ある屋敷は存続することになる。見方によれば、アメリカの富がヨーロッパの古い伝統的な遺物を買い取る、あるいは富をもつアメリカ人がヨーロッパの人々の生き方を左右するのである。この劇の基になった小説の題名「カバリング・エンド邸」（"Covering End"）にかけて言えば、結末（エンド）はうまくいく（カバーされる)が、それは金持ちのアメリカ人が「高い買値」(high bid)をつけたからに他ならない。

とはいえ、この劇が一九〇八年三月エジンバラで初演された際、イギリス人にとって皮肉とも見えかねないこのような点について観客は反発を感じなかったらしく、この劇はおおむね好評だった。また劇の出来としても、初期の劇の欠点が目立たなくなっている。劇『デイジー・ミラー』や『アメリカ人』では頻繁に見られた傍白や独白は抑えられている。一方、以前の劇でも目立っていた俳優への指示は、この劇ではますます増えている。つまり役者の自由な裁量や偶然といった、劇につきものの要素を極力排して、作家ジェイムズが劇すべてを支配する、という強い意思を感じさせる作品となっているのである。

▼劇から小説へ、小説から劇へ

『ガイ・ドンヴィル』以後のジェイムズは、書いた劇を小説にしたり、小説を劇にしたりを繰り返している。一八九三年の終わりに着想を得て、ジェイムズは三幕劇『向こうの家』（*The Other House*）を書いたが、結局この劇は上演されなかった。しかしジェイムズはこの劇を基に小説『向こうの家』（*The Other House*）を書き、*Illustrated London News* に連載（一八九六年七月－九月）、同年ロンドンとニューヨークで単行本として出版している。

また次に書いた一幕劇『サマー・ソフト』（*Summersoft*）についても、この劇そのものは結局上演されなかったものの、ジェイムズはこの劇を基に短編小説「カバリング・エンド邸」（"Covering End"）を書き、一八九八年に単行本『二つの魔術』（*The Two Magics*）に収めて出版している。さらにジェイムズはこの小説を三幕劇『高値』に書き直して、上述のようにエジンバラで上演にまでこぎつけた。かつてジェイムズに『サマー・ソフト』を書くように依頼して一〇〇ポンドを渡した女優エレン・

テリー（『ガイ・ドンヴィル』でペヴァレル夫人を演じたマリオン・テリーの姉）が、たまたま仕事で来ていたエジンバラで『高値』の上演を観て、その劇が『サマー・ソフト』とあまりに似ていたので抗議した、といったエピソードも伝えられている。

『客間』（*The Saloon*）は、ジェイムズが自らの短編小説「オーウェン・ウィングレイヴ」（"Owen Wingrave"）を基に一九〇七年に書いた一幕劇である。この劇は一九一一年一月、ロンドンで上演された。この劇については、最初に上演を却下した団体の査読者ジョージ・バーナード・ショーとジェイムズが私信で戦わせた論争が有名である。かつて『ガイ・ドンヴィル』を評価したショーは、自らを「社会主義者」と称している。そしてショーは、芝居の観客は劇作家から芸術作品を期待しているのではなく、「環境を変える」助けや励ましを欲している、という立場で演劇を捉えている。一方ジェイムズは、劇においても芸術性の追求を第一にすべきとし、観客を励ますような劇に疑念を抱いている。

『抗議』（*The Outcry*）は、劇場に対するイギリス政府の検閲に「抗議」するアメリカの舞台監督の依頼で、ジェイムズが一九〇九年末に書いた三幕劇である。依頼者が望んだものとは異なったテーマを扱った劇をジェイムズは書いた。そして一九一〇年にエドワード七世が死に、イギリスの劇場が閉鎖されたという事情も重なって、ジェイムズの劇は結局上演されなかった。ジェイムズの『抗議』のテーマは、アメリカの富がヨーロッパの芸術品を買い上げてよいのかという問いであり、『高値』のテーマにつながっている。後にジェイムズはこの劇『抗議』を基に小説『抗議』（*The Outcry*）を書き、一九一一年に出版している。小説は比較的よく売れた。

初出一覧

本書は、ヘンリー・ジェイムズの三幕劇『ガイ・ドンヴィル』の翻訳である。第一幕のはじめから途中までは、『英文学評論』第八十七集（二〇一五年二月、京都大学大学院人間・環境学研究科英語部会）に訳出した。そして、第一幕途中から第一幕終わりまでは『英文学評論』第八十八集（二〇一六年二月）に、第二幕はじめから第三幕終わりまでは『英文学評論』第九十集（二〇一八年二月）に掲載された。

また本書の「解説」は、拙稿「劇作家ヘンリー・ジェイムズ」（『視覚のアメリカン・ルネサンス』（世界思想社、二〇〇六年三月）と、講演「劇作家ヘンリー・ジェイムズ」（中四国アメリカ文学会第四十五回大会・広島経済大学立町キャンパス、二〇一六年六月）に基づきつつ、大幅に書き直したものである。

翻訳の底本としては、*Guy Domville*（London, Rupert Hart-Davis, 1961）を使用

した。

最後になりましたが、本翻訳書の出版を快く引き受けてくださった大阪教育図書株式会社の横山哲彌社長と、丁寧に編集してくださった田中晴巳氏に感謝いたします。

二〇一八年五月　京都にて

水野　尚之

水野 尚之（みずの　なおゆき）

略 歴

京都大学大学院文学研究科博士後期課程満期退学。
梅花女子大学講師、京都大学教養部助教授を経て、
現在、京都大学大学院人間・環境学研究科教授。

ガイ・ドンヴィル

2018年8月10日　初版 第1刷
著　者　ヘンリー・ジェイムズ
訳　水野 尚之
発行者　横山 哲彌
印刷所　岩岡印刷株式会社

発行所　大阪教育図書株式会社
〒530-0055 大阪市北区野崎町 1-25
TEL 06-6361-5936　FAX 06-6361-5819
振　替　00940-1-115500

ISBN978-4-271-31033-4 C1097

落丁・乱丁本はお取り替え致します。